Camille Guénot

# OSCAR GOUPIL

## A LONDON MYSTERY

MÉDIUM
*l'école des loisirs*
11, rue de Sèvres, Paris 6e

*Pour mes parents, Maryse et François,*
*premiers lecteurs de cette histoire, et pour ma vieille copine Cécile,* who kept smiling, always.

*Merci Harry, Nicolas, les Jean-Quelque-Chose, John, Lyra, Ophélie, Obélix, Archibald, Enid, Hortense, Bettina, Geneviève et Charlie d'être les compagnons fidèles de ma vie.*


*Loi n° 49.956 du 16 juillet 1949 sur les publications destinées à la jeunesse : octobre 2022*
*Dépôt légal : janvier 2023*

ISBN 978-2-211-31949-2

*Les noms des artistes de cette histoire (Damien First, Jeff Booms, Takashi Murakazi, Yue Munjin, Jenny Maville, Anselm Fieker et Zazoi Kusawa), quoique légèrement modifiés, ont été empruntés à des personnes réelles. Les traits de caractère de ces personnages et leurs interactions sont purement fictifs.*

Little Venice
St Pancras Station
National Gallery
43 Connaught Square
Hyde Park
Trafalgar Square
Piccadilly Circus
Big Ben
Buckingham Palace

St Paul's Cathedral
Tower of London
Thames
Tower Bridge

# JOYEUX NOËL

Il n'est guère agréable, après une journée de cours harassante, d'arriver dans un appartement sombre et silencieux le premier soir des vacances de Noël.

– Maman ?

C'est encore pire quand on se cogne le gros orteil contre le pied d'une commode en cherchant ses parents.

– Papa ?

Enfin, je ne souhaite à personne de trouver ce genre de lettre griffonnée à la hâte sur la table de sa cuisine :

Cher Oscar,

Nous devons partir immédiatement pour Bogotá. Ton père a été appelé en urgence pour conclure une affaire de la plus haute importance ! Tu te rends compte ? La Colombie ! Je ne t'en dis pas plus pour l'instant. Nous ne serons pas rentrés pour le réveillon, mais ta grand-tante Léonie se réjouit de t'héberger chez elle, à Londres. Tu verras, c'est une femme délicieuse. Ce séjour improvisé sera une formidable opportunité de parfaire ton anglais (et tes manières !). Tu trouveras un œuf au plat dans la poêle pour ton goûter et un billet de train dans cette enveloppe. Surtout, n'oublie pas ton passeport, ou ces satanés British te laisseront croupir à la frontière !

Bon voyage et hasta la vista !

Maman et papa

Je relus cette lettre trois fois sans qu'elle ait plus de sens. Bogotá ? Londres ? Œuf au plat ? Mes parents étaient excentriques, mais quand même ! Hier encore, ils étaient pelotonnés sur le canapé, critiquant la nouvelle coiffure du présentateur du journal culturel. Mon père avait certes évoqué un départ prochain à l'étranger, de cet air de conspirateur dont il a le secret, mais je m'attendais à une surprise de Noël. Jamais je n'aurais cru qu'ils décamperaient ainsi sans moi ! Quelle était cette affaire si importante, d'abord ? Je chassais la vision de mon père en chef de gang et celle de ma mère, le nez dans un sac de poudre blanche. Et cette grand-tante qu'ils sortaient d'un chapeau ? J'avais vaguement entendu parler d'une Léonie lors des cousinades annuelles dont mes parents raffolaient, mais le qualificatif « vieille bique acariâtre » était alors employé avec force gloussements moqueurs. Me ferait-elle un aussi bon accueil que le promettait la lettre ? Mais après tout, la famille de ma mère ayant colonisé les trois quarts du globe, l'Angleterre était une destination raisonnable.

Craignant encore une plaisanterie douteuse, je composai les numéros de portable de mes parents tout en gobant l'œuf directement dans la poêle. Messagerie. Évidemment. La voix de mon père pour le répondeur de ma mère et inversement. Dans la salle de bains, leurs affaires de toilette avaient disparu. Sous leur lit, plus de valise. Tic et Tac viraient Bonnie and Clyde.

J'avais beau être habitué à leurs fantaisies, la moutarde me monta au nez : ils ne m'avaient encore jamais fait un coup pareil ! Je jetai un œil au billet de train :

Paris gare du Nord → Londres Saint-Pancras.

Départ le 20 décembre… 17 h 30… 17 h 30 ??? Il était 16 h 30 !!! Sans réfléchir, je sautai dans mes baskets et fourrai l'essentiel dans mon sac à dos : portable, fromage, bandes dessinées, carnets de croquis – la brosse à dents et les caleçons furent naturellement oubliés. Dans ma précipitation, je ne pensais même pas à désobéir. Après tout, j'allais avoir 14 ans, je pouvais me débrouiller seul à la maison pendant ces vacances, mais ma nature docile me poussa dans le métro, direction gare du Nord.

Je me demande maintenant à quoi ressemblerait ma vie si j'avais raté ce train. En courant à perdre haleine dans les escalators, j'ignorais encore tout des événements incroyables qui allaient se produire et maudissais silencieusement mes parents d'être si fantasques et délicieusement imprévisibles aux yeux des autres, mais seulement irrespectueux de ma tranquillité aux miens.

Mon père, Fernand Goupil, était marchand d'art. Il avait ouvert une galerie dans le 8e arrondissement et s'était bâti une petite réputation dans le milieu de l'art contemporain. Rien ne l'émouvait plus qu'un cercle rouge dans un carré bleu.

Comme pour les gens qui n'en manquent pas, toute référence à l'argent ou à une quelconque forme de commerce était pour lui d'une insupportable vulgarité. Il se décrivait modestement comme un « découvreur » – bien qu'il passât plus de temps à chercher qu'à trouver. La plus belle pépite de sa collection n'était autre que ma mère, la célèbre plasticienne Valeria Vangelov, qu'il avait rencontrée lors d'un voyage à Saint-Pétersbourg, où elle exposait des madones en mie de pain.

Ma mère passait ses journées à préparer ses prochaines installations. Pour elle, une poubelle éventrée devant un écran de télévision ou un tableau accroché à l'envers au-dessus d'un extincteur, c'était de l'art. Elle n'était pas la seule à le penser, vu les fortunes que ses admirateurs étaient prêts à débourser pour ses robes éphémères en croûte de sel.

À la maison, j'avais l'ordre de ne rien déplacer, mais il était difficile d'obéir quand on ne savait pas si la peau de banane restée sur la table relevait de la recherche artistique ou de la simple négligence. Une foule de personnes défilait chez nous en permanence afin de consulter mon père sur la cote de tel ou tel peintre ou de discuter avec ma mère de la valeur éthique du pain complet. J'avais l'impression de vivre dans un monde qui ne me comprenait pas et auquel je ne comprenais rien.

Désespérés par ce qu'ils prenaient pour un manque de sensibilité, mes parents avaient abandonné tout espoir de me voir suivre leur voie. Même si j'aimais dessiner, je restais indifférent à leurs projets de galerie à New York ou de voyage initiatique au Bhoutan. Ni particulièrement brillant ni tout à fait mauvais en études, je ne me distinguais jamais – « pas même en sport », soupirait ma mère comme si cela aurait été mieux que rien.

Le seul espace où je me sentais chez moi était ma chambre. Une immense bibliothèque en bois, à laquelle je grimpais à l'aide d'une échelle coulissante, couvrait un mur entier, et des piles de romans, de bandes dessinées et de mangas s'entassaient au petit bonheur autour d'un matelas à même le sol. Une baie vitrée inondait mon lit de lumière et, en ce mois de décembre, dévoilait les branches couvertes de givre des tilleuls de la place Martin-Nadaud. Ici, rien ne pouvait m'atteindre du monde extérieur. Je ne connaissais pas plus grand bien-être que de griffonner sur mes carnets dans un coin de soleil ou de me blottir sous ma couette après la classe avec un saucisson, une part de tarte aux noix de pécan – oh, bonheur suprême ! – et d'ouvrir un livre. J'étais entouré d'amis silencieux – Harry, Katniss, Ophélie, Nicolas, Blacksad, Lyra, Enid… – avec qui je vivais, du fond de mon lit, des aventures extraordinaires. Pourquoi irais-je me confronter aux autres quand, avec eux, je pouvais frissonner, rire, pleurer et surtout rester moi-même ? Avec eux, j'avais le droit d'être très ennuyeux ou complètement fou, cela ne changeait rien, et j'aimais cette constance par-dessus tout.

Parfois, Thomas, le fils de la gardienne de notre immeuble, venait sonner à la porte. C'était mon seul copain. Enfin, je dis copain pour faire plaisir à mes parents. Il m'attendait sur le palier en se balançant d'un pied sur l'autre, l'air gêné, et nous descendions dans la loge jouer à *Assassin's Creed* sous le regard méprisant de sa sœur. Nous parlions peu et restions affalés sur son canapé, rideaux tirés, devant l'écran tremblotant de la télévision. Je me serais volontiers réfugié chez lui pour me gaver de jeux vidéo et dessiner, mais il passait toutes ses vacances chez ses cousins de Melun.

J'étais finalement arrivé à la gare avec mon sac à dos, un point de côté et une colère terrible contre ma mère qui me bombardait de selfies : faisant mine d'entrer dans le scanner à bagages de l'aéroport, prenant la pose au bras du pilote devant l'avion, sirotant un jus de tomate coiffé d'un bâton de céleri sur son siège 1re classe à côté de mon père, hilare… Si c'était un moyen détourné de me demander de mes nouvelles après avoir négligé mon appel, c'était raté. Non mais franchement ! Parents indignes ! J'envoyai un smiley rageur pour toute réponse et éteignis mon téléphone.

Dans la salle d'embarquement de l'Eurostar, le vigile inspecta d'un air dubitatif le palet de chèvre que j'avais dégoté dans le frigidaire pour survivre au voyage, écrasé contre une édition défraîchie d'*Astérix le Gaulois*.

– *So French*, marmonna-t-il en le tenant à bout de bras comme s'il craignait de le voir exploser.

Après l'examen de mon passeport et les palpations d'usage au service de sécurité, j'étais installé dans la voiture. Le train fila bientôt entre des barres d'immeubles laides mais familières pour m'emmener dans une ville où je ne connaîtrais rien ni personne. Mais ma mère avait au moins réussi cela : je parlais bien anglais. *Thank God*.

# BIENVENUE À LONDRES

À 19h30, le train entra à King's Cross Saint-Pancras. Un vent glacial engouffré sous l'immense charpente métallique me poussa jusqu'au bout du quai. Difficile d'imaginer que Harry Potter s'était trouvé là, pensai-je en regardant autour de moi : je ne reconnaissais rien de ce que j'avais vu dans les films, c'était une gare moderne et froide. Les autres passagers descendaient le tapis roulant au pas de course. J'aurais donné n'importe quoi pour entendre la voix de Mrs Weasley – *« Platform 9 ¾ this way! »* – mais ma destination n'était pas si excitante : « Léonie Turnington, 43 Connaught Square, W2 2HJ London ». Je fixai stupidement l'adresse écrite au dos du billet, comme si des instructions allaient apparaître par magie. Comment diable allais-je trouver mon chemin ? Inquiet, je traversai le hall d'arrivée lorsqu'une main m'agrippa brusquement l'épaule.

Un homme en costume noir et coiffé d'une casquette à visière se dressait devant moi. Ses larges épaules, son front haut zébré d'une cicatrice, son nez épaté et ses paupières tombantes lui donnaient un air tout à fait engageant.

– Oui ? déglutis-je avec crainte.

L'homme brandit une pancarte qui portait mon nom et me fit signe de le suivre. D'une taille surnaturelle, il dépassait de deux bonnes têtes la foule des voyageurs, qui s'écartèrent prudemment à son passage. (Où ce géant réussissait-il donc à se vêtir ?) Il fendit le hall d'un pas raide et saccadé, comme si ses membres étaient désarticulés. Une longue voiture noire à vitres teintées stationnait à la sortie de la gare. Après m'avoir ouvert la portière arrière d'un geste cérémonieux, il logea son gigantesque corps à la place du conducteur comme dans un jeu de Tetris. On recommande toujours aux enfants de ne pas suivre les inconnus, surtout si l'inconnu en question a tout du monstre de Frankenstein, mais la perspective d'être au chaud eut raison de moi.

– Vous travaillez pour ma grand-tante ? demandai-je en m'asseyant d'une fesse sur la banquette arrière qui fleurait bon le cuir.

– Eu ui on aueur eu ui i an, répondit l'homme.

On aurait dit mon père au réveil, essayant de parler avec sa brosse à dents dans la bouche.

– *Do you work for my aunt?* tentai-je à nouveau, pensant qu'il ne comprenait pas le français.

– Je ui on jauffeur deu ui di zan, répéta-t-il en articulant chaque syllabe avec effort.

Parfait, il fallait en plus que Frankenstein ait de sévères troubles du langage ! Je me tus donc et m'intéressai au paysage.

Les avenues déversaient un flot continu de taxis et de bus à impériale au milieu de la cohue de touristes qui, telles des sauterelles, se déplaçaient en essaims d'un magasin à l'autre. Sur une grande avenue commerçante illuminée tout du long pour les fêtes – « Oxford Street », disait la plaque – régnait une cacophonie incessante de klaxons et de vrombissements de moteurs. C'était comme regarder un tableau dans lequel je n'avais pas envie d'entrer. Ces immeubles, ces vitrines de Noël clinquantes, ces gens pressés m'étaient étrangers.

Il commença à pleuvoir. La voiture tourna sur Edgware Road, où des femmes voilées poussaient leurs grands-mères dans des fauteuils roulants et où des groupes d'hommes enfouis sous des couvertures fumaient la chicha à la terrasse des cafés. Nous arrivâmes enfin à un petit square, très paisible en comparaison du tumulte que nous avions traversé, et le chauffeur m'invita à descendre.

Des maisons en briques toutes identiques encadraient un jardin sombre où s'élevaient les silhouettes tordues de quelques platanes. Une lanterne éclairait chaque perron, projetant des flaques de lumière sur le trottoir mouillé. Derrière un bow-window j'aperçus trois enfants en uniforme jeter leurs cartables avant de se précipiter dans l'escalier. J'aurais tant aimé être à leur place, sans autre souci que les devoirs à faire pour la rentrée. Mais j'étais bien là, à ressasser les mêmes questions : que fabriquaient mes parents à l'autre bout du monde ? Comment avaient-ils pu m'abandonner ainsi pour les fêtes ? Qui était cette mystérieuse grand-tante dont on m'avait si peu parlé ? Qu'allais-je faire dans cette ville inconnue ?

Je n'aimais pas l'aventure. L'aventure était bonne pour les héros et je n'en avais pas l'étoffe.

Frankenstein monta les marches du numéro 43 et s'arrêta devant une porte noire, encadrée de deux boules de buis taillées à la feuille près. Il frappa à l'aide d'un heurtoir doré en forme de tête de lion. Après quelques secondes sous une pluie battante, la porte s'ouvrit sur un drôle de pingouin.

– Ah oui, merci Carl, fit le domestique en frac avant de me détailler de la tête aux pieds. Entrez, je vais vous débarrasser.

Ses petits yeux rapprochés me scrutaient d'un air inquisiteur et il avait levé le nez comme s'il flairait les ennuis à venir. Carl me poussa doucement à l'intérieur et referma la porte. Mes chaussures mouillées produisaient un squish-squish embarrassant.

– Patientez ici, je vous prie, madame va descendre, débita le majordome d'un ton affecté avant de filer, ma parka sous le bras.

Les cheveux dégoulinant le long de mon cou, j'examinai la pièce où on m'avait introduit. Mazette, ma grand-tante ne se mouchait pas du coude ! Le salon était luxueusement meublé avec un épais tapis persan, de lourds rideaux écarlates, un sofa en velours et deux profonds fauteuils de cuir. Au-dessus de la cheminée en marbre trônait le portrait d'une jeune fille blonde, qui m'observait avec douceur. Un bouquet de lavande à la boutonnière de sa robe rappelait élégamment la couleur de ses yeux.

Les minutes passèrent. Je restai là, sans oser m'asseoir, à écouter la pluie drue marteler les vitres. La pièce était maintenant plongée dans la pénombre, si ce n'était les bûches calcinées qui crépitaient encore dans l'âtre. Je me demandai si on ne m'avait pas oublié quand… tac, tac, tac. Tac, tac, tac. Un claquement régulier interrompit mes pensées. On alluma soudain la lumière et une vieille femme appuyée sur une canne apparut dans l'encadrement de la porte.

Un roulement de tonnerre aurait été de circonstance. Léonie était sèche et anguleuse. Elle se tenait très droite, comme si elle portait l'un de ces corsets du XIXe siècle, et son chignon gris impeccablement tiré faisait ressortir ses pommettes osseuses et la sévérité de son regard. Cersei Lannister, la terrible reine de *Game of Thrones*, avec trente ans de plus.

Les lèvres pincées, elle s'avança vers moi. Mes bras, qui pendaient bêtement le long de mon corps, semblaient peser trois tonnes. Du pommeau de sa canne – une tête de lion – elle me désigna le sofa où je m'assis, la gorge sèche.

– Tes parents ne manquent pas de culot de t'envoyer ici.

Cette introduction me laissa sans voix.

– Je n'ai pas vu ta mère depuis quinze ans, continua-t-elle sans s'asseoir, et elle m'impose ta présence du jour au lendemain. J'ai tout juste eu le temps de prévenir Carl de ton arrivée. Enfin… la politesse élémentaire n'a jamais été le fort de ma nièce.

J'étais aussi bienvenu qu'un cancrelat. De mieux en mieux.

– Ce n'est pas ma faute si mes parents sont barjots, marmonnai-je en regardant mes pieds. Moi non plus, je ne savais pas que j'allais passer Noël ici…

– Ne baisse pas la tête comme ça ! s'exclama Léonie. Maintenant que tu es là, je ne vais pas te mettre à la porte.

Tu prendras l'ancienne chambre de bonne, au sous-sol. Je t'y ai préparé un lit.

– Merci, murmurai-je, les mains sous les fesses.

Mais elle poursuivit comme si je n'avais rien dit :

– Il faudra te trouver une activité, je ne te veux pas constamment dans mes pattes. Tu aideras à la *gallery*.

– La galerie ?

– La National Gallery, sur Trafalgar Square. Tu connais quand même ce musée ? Je suis leur bienfaitrice depuis des années et ils prennent parfois des stagiaires pendant les fêtes pour accueillir les touristes. Tu es bien en 3e, dis-moi ?

– Euh, non, je ne suis qu'en 4e... mais... je ne vais quand même pas faire ça pendant mes vacances ?!

– Pas de chichis, plus tôt tu travailleras, mieux tu te porteras ! Et moi aussi, par la même occasion. Ils te prendront demain, ils ne pourront pas me refuser ce service. En attendant, installe tes affaires. Albert, mon majordome, te montrera.

Léonie tourna les talons et quitta la pièce sans que je puisse ajouter un mot. Grrrrrrr !

– Si vous voulez bien me suivre, dit Albert en me précédant dans le couloir. Au premier étage se trouvent la chambre et les commodités de madame. Vous ne devez pas monter sans y être invité.

Puis il ouvrit une porte étroite qui dissimulait un escalier en colimaçon d'où émanait une forte odeur d'humidité. Les marches en pierre étaient couvertes d'une fine couche de poussière. On ne devait pas l'emprunter souvent.

En fait de chambre, la pièce ressemblait plutôt à un débarras. Aux murs nus, elle était encombrée de vieux objets – boîtes, tableaux d'ancêtres à même le sol, tapis élimés – entassés au fil des années. Il n'y avait pour véritable mobilier qu'un bureau de bois, dont un pied avait été remplacé par une pile de livres, et un canapé avachi, recouvert d'un édredon à fleurs qui me rappela celui de mon voisin Thomas. Une chaudière ronronnait contre le mur du fond, à côté d'un petit lavabo surmonté d'un miroir ébréché, et deux soupiraux laissaient voir le trottoir mouillé. Des grains de poussière virevoltaient dans la lumière de l'ampoule.

– Je vous appellerai pour le dîner.

Albert remonta l'escalier d'un pas de ballerine.

Je laissai éclater ma colère en balançant mon sac à dos par terre et en donnant un grand coup dans le pied de la table. C'était décidément une mauvaise journée pour mon gros orteil, qui prit la couleur d'une aubergine bien mûre. J'envoyai un nouveau texto furieux à mes parents. Échec. Étaient-ils encore dans l'avion ? En tout cas, ils se préoccupaient peu de mon sort ! De dépit, je farfouillai dans mes bandes dessinées et *Quelque part entre les ombres* fut mon premier compagnon d'infortune. Je m'enfonçai dans le canapé comme dans un flan et n'entendis même pas Albert toquer à la porte une demi-heure plus tard.

# LA NATIONAL GALLERY

Une voix agacée me parvint de très loin.

– Monsieur Goupil, monsieur Goupil !

J'ouvris un œil vitreux. Par les soupiraux filtrait la lumière blafarde du matin. Je m'étais endormi tout habillé et mis un moment à me rappeler où j'étais.

– Le *breakfast* est servi !

– Oui, oui, j'arrive… bredouillai-je.

Mes idées tourneboulaient comme si ma tête avait été passée dans un panier à salade. Je m'aspergeai le visage au-dessus du lavabo en tentant d'effacer la marque de fleurs de l'édredon imprimée sur ma joue et me lavai les dents avec l'index. Le combat contre mes cheveux était perdu d'avance. Ils restaient désespérément aplatis sur mon crâne, en un casque brun que mon père essayait toujours d'ébouriffer (« Les filles adorent les chevelures fougueuses ! Mais, heureusement, tu as tes beaux yeux bleus ! » claironnait-il chaque fois en me décochant un clin d'œil coquin).

Au rez-de-chaussée, Léonie lisait le *Times* dans son fauteuil. Une grosse ride de mécontentement barrait son front.

– Bonjour, grognai-je d'une voix d'ours mal léché.

– Le petit-déjeuner est dans la salle à manger, dit-elle sans lever les yeux.

À la maison, mes parents dormaient toujours tard et je me contentais d'un bol de chocolat avant de partir en cours. En voyant cette table chargée de victuailles, je crus un instant qu'on attendait des invités : café, thé, chocolat chaud, jus de toutes les couleurs, céréales, salades de fruits, compotes, tartes, yaourts, toasts, petits pains, confitures, cakes, brownies, madeleines, crêpes, beignets, muffins, fromage, saucisses, bacon, œufs brouillés… et de la tarte aux noix de pécan.

– J'ignorais ce que tu mangeais, alors j'ai envoyé Albert faire quelques courses, ajouta Léonie, comme si tout cela était bien naturel. Ça te remplumera, tu es un vrai gringalet.

– Merci… c'est fantastique, répondit mon estomac.

J'engouffrai tout ce qui était à ma portée comme un aspirateur. M'empiffrer me donna du courage :

– C'est vous sur le tableau ? demandai-je en désignant le portrait que j'avais remarqué la veille.

Léonie eut un rictus.

– Non, c'est ma fille, Juliette. Elle est morte il y a vingt-cinq ans.

J'avalai tout rond un grain de raisin. Cela m'apprendrait à faire la conversation. Bizarre, j'étais certain que mes parents n'avaient jamais mentionné cette cousine au destin tragique.

– Mon plus cher ami l'a peinte alors que nous étions en Écosse, ajouta Léonie en fermant son journal. Elle était déjà malade. Ça a été très rapide.

Un silence pesant s'ensuivit. Sans plus oser bâfrer, j'observais le tableau. Alors quelque chose me frappa. Quelque chose d'étrange que je ne parvins pas à m'expliquer. Était-ce la coiffure, l'expression, le drapé de la robe ? Quelque chose chez cette jeune fille avait changé depuis hier.

Léonie interrompit le fil de mes pensées :

– Partons maintenant. Nous sommes attendus.

Je lorgnai avec regret le panier de muffins pralinés qui trônait encore sur le buffet, mais avais-je le choix ? L'autorité de ma grand-tante était incontestable. Je m'exécutai sans résistance, me rappelant avec un ricanement intérieur la description de mes parents :

– « Une femme *délicieuse* », vraiment, grommelai-je en attrapant un muffin.

– Pardon ?

– Oh ! rien rien.

À cette heure matinale, les rues étaient encore calmes. Les bouches de métro expulsaient quelques Londoniens endormis, bâillant comme des carpes. Après une demi-heure de trajet où le silence ne fut ponctué que par les borborygmes de Carl, la voiture s'arrêta sur une gigantesque place. Du haut de sa colonne, une statue d'amiral semblait distribuer des ordres aux rares badauds qui zigzaguaient entre les bassins de pierre. Cet étrange agent de la circulation était gardé par quatre lions monumentaux, face à un immense palais à colonnades.

Nous croisâmes un sosie de Michael Jackson qui revêtait son costume devant un groupe de Japonais. Plus loin, un cracheur de feu déballait son attirail.

– Le musée va ouvrir. Nous allons emprunter l'entrée des visiteurs, dit Léonie.

En haut des marches de pierre, derrière les portes vitrées, on devinait un hall spacieux éclairé par une immense coupole. Moulures, colonnes de marbre rose à chapiteaux en bronze… tout ce tintouin était typique des endroits poussiéreux où mes parents me traînaient le week-end. Le groupe de Japonais surexcités ne partageaient visiblement pas mon avis – ils me piétinèrent avec des sourires désarmants pour passer le tourniquet.

– *Good morning*, Mr Mullard, lança Léonie au gardien qui bondit de sa chaise et renversa sa tasse de thé.

Nous traversâmes une vaste galerie où le portrait d'une femme nue sortant de son bain me fit de l'œil. Les premiers visiteurs se précipitaient déjà sur les canapés Chesterfield avec un soupir de soulagement. Dans la salle suivante, deux étudiants à binocles et barbiche s'extasiaient devant un tableau de poissons morts.

– Si… percutant !

Une jeune employée du musée nous ouvrit un accès *Staff only* qui donnait sur un escalier de service. Couloir, coude, nouvel escalier… un vrai labyrinthe ! Léonie semblait pressée d'arriver à destination et jetait des coups d'œil inquiets autour d'elle. Après une enfilade de pièces biscornues, une grande porte se dressa devant nous. Quelque chose me dit qu'il ne s'agissait pas de mon futur lieu de travail. La jeune femme frappa et nous fit entrer.

Le plafond à caissons doré était aussi haut que les galeries, et l'homme en costume trois-pièces assis derrière le bureau, les doigts joints, paraissait tout petit à côté des tableaux grandioses qui l'entouraient. Une plaque indiquait : IVO MORLA, DIRECTOR. Il se leva pour nous accueillir et sa tête presque chauve, au bout d'un long cou, s'extirpa de son faux col comme d'une carapace.

– Bonjour, ma chère, dit-il avec un parfait accent français avant de poursuivre dans un anglais distingué*. Albert a prévenu mon assistante de votre arrivée, je vous attendais.

Puis, se tournant vers moi :

– Voici donc le jeune monsieur.

Il me tendit une main glacée. Sa bouche s'étira sur toute la largeur de sa face en un sourire effrayant.

– C'est Oscar, mon petit-neveu. Il aidera Mrs Tettley à l'intendance. Cela ne devrait pas être trop compliqué pour lui...

Que je sois à Paris ou à Londres, les gens prenaient vite l'habitude de parler comme si je n'étais pas là ! J'allais protester quand l'homme me coupa dans mon élan :

* Afin de vous épargner une lecture ardue qui vous endormirait immédiatement, tous les dialogues sont traduits en français. Seuls quelques mots restent en anglais dans l'intérêt du style. Vous apprécierez, cher lecteur, chère lectrice, l'effort consenti par votre serviteur.

– Tu vas donc être aux premières loges. Nous sommes sur le pied de guerre. La ministre d'État sera présente, tout le beau monde, tu vois un peu la chose, ajouta-t-il en inspectant ses ongles manucurés.

– Euh…

– Comment ? Vous ne l'avez pas mis au parfum ? demanda-t-il à Léonie. Mais voyons, mon jeune ami, les sept plus grands artistes contemporains vont investir les galeries de notre musée. Une première dans l'histoire de cette noble institution ! Jeff Booms, Damien First, Takashi Murakazi… Tu sais de qui je parle, n'est-ce pas ?

Évidemment, je savais. Voilà que les amis de mes parents me suivaient jusqu'ici.

– Murakazi… On dirait le restaurant japonais en face de mon collège, répondis-je par défi.

Léonie leva les yeux au ciel.

– Enfin, leurs œuvres sont légendaires ! s'exclama le directeur, enflammé. Ils amèneront une nouvelle clientèle, hem… un nouveau public dont le musée a bien besoin en cette période de crise. Et il se pourrait même qu'il y ait une invitée surprise pour toi ! Mais trêve de bavardages, je n'en dévoile pas plus, reprit-il d'un ton doucereux en se tournant vers Léonie. Susan Tettley est en chemin, vous pouvez donc partir tranquille.

Et il se rassit avec élégance, signifiant qu'il nous avait accordé assez de son précieux temps. La jeune femme qui nous avait introduits nous raccompagna à la porte.

– Au fait, Oscar, lança Léonie, tu trouveras un billet de vingt livres dans ton sac à dos. Il serait bon que tu changes de vêtements demain... et que tu achètes une brosse à dents.

Et elle me laissa ainsi sans même se retourner, n'ayant visiblement aucun besoin d'être rassurée sur mon compte.

Mais je ne restai pas seul longtemps. Tip-tap-tip-tap-tip-tap. Depuis le fond du couloir, une petite femme dodue en tailleur de tweed trottinait jusqu'à moi. Perchée sur escarpins, avec ses lunettes rondes, elle me fit immédiatement penser à la gouvernante des *101 Dalmatiens*. Après Frankenstein, Cersei et Morla la tortue, quel soulagement ! Malgré la pile de dossiers qu'elle portait à grand-peine, elle me serra dans ses bras dans un *hug* tout britannique.

– *Good morning, my dear*, bonjour, fit-elle, le souffle court, en m'offrant le premier vrai sourire de ma journée. Comment allez-vuuu ? Bon voyage ? *What's your name, sugar plum?*

Et elle m'entraîna aussi sec dans le dédale de couloirs, me précédant à pas alertes sans regarder devant elle.

– Je m'appelle Oscar, répondis-je en courant presque. Je suis arrivé hier de Paris.

– Oh Pareeee ! Comme c'est bow ! s'exclama-t-elle en faisant valdinguer chaque porte qui se dressait sur notre chemin avec une parfaite désinvolture. Mais tu as l'air tout triste. Mrs Turnington te fait des misères ?

– Ma grand-tante ? Disons qu'elle m'apprécie autant qu'un paquet de linge sale...

Mrs Tettley éclata de rire.

– Ne fais pas attention à cette duduche ! Elle se donne de grands airs mais elle et Mr Morla ne peuvent rien faire sans

Suzy ! Sans Suzy, la galerie, pfffuitt, ajouta-t-elle en balançant sa main par-dessus son épaule. Tu vas rester avec moi, *dear*, et dans une semaine, tu seras un vrai *Londoner* !

Sur ces propos engageants, Mrs Tettley enfonça la dernière porte avec autorité.

# COURSE-POURSUITE

Mrs Tettley prit soin de moi toute la matinée. Elle me donna un badge, un plan du musée et m'installa au vestiaire près de Mr Mullard. C'était un homme flegmatique d'une cinquantaine d'années, au nez rosacé et aux incisives de cheval.

À part une erreur malencontreuse pendant que mon acolyte était au water-closet (j'avais affublé un motard patibulaire des Dark Angels d'une doudoune à paillettes), je ne m'en sortais pas trop mal. Mais je mourais d'envie d'être seul.

Au loin, l'horloge de Big Ben sonna enfin midi. Mrs Tettley m'avait conseillé de déjeuner dans la salle commune du rez-de-chaussée, mais la perspective de regarder Mr Mullard mâchonner son toast aux haricots blancs avait eu raison de moi. J'avais repéré un Starbucks à l'angle de Trafalgar Square. Mes parents auraient fondu sur moi comme les dix plaies d'Égypte en me voyant passer cette porte, mais la fameuse enseigne, au premier étage d'une librairie, m'inspirait confiance. Ici, personne pour me scruter comme une bête curieuse !

N'étant pas dans mon cadre habituel, j'étais très attentif à ce qui m'entourait. Mon attention se fixait sur les détails les plus triviaux (comme l'un des serveurs, coiffé d'un bonnet de père Noël, qui fourrageait dans son appendice nasal dès que ses collègues avaient le dos tourné) afin de passer le temps.

Après un déjeuner frugal, je dessinai dans mon carnet puis lus toutes les quatrièmes de couverture des ouvrages exposés sur les tables, guettant avec appréhension le moment de retourner au musée. Je considérais un livre intitulé *Why Cats Paint, A Theory of Feline Aesthetics* quand quelqu'un attira mon attention.

Un garçon maigre et débraillé, à l'épaisse chevelure noire et bouclée, se coulait entre les rayons avec souplesse, épiant furtivement autour de lui. Je le suivis dans le département Arts alors qu'il s'approchait d'un client, un petit homme chauve trop absorbé par sa lecture pour sentir sa présence. Par-derrière, le garçon glissa une enveloppe dans la poche de sa veste. Puis il remarqua quelque chose dans l'autre poche et, soudain, sa main se déploya, saisit le portefeuille comme la langue d'un caméléon scotcherait une mouche, et le glissa sous son pull. Je restai ahuri devant une telle audace et lui emboîtai le pas. Il s'apprêtait à sortir de la librairie quand un vigile surgit derrière un rayonnage et s'exclama : *« Hey, YOU! »*

Le garçon bondit et se rua dehors, le vigile à ses trousses. Sans réfléchir, je m'élançai à mon tour. Qu'est-ce qui m'avait pris ? Je n'en savais rien mais je courais à perdre haleine derrière le vigile, qui courait après le garçon, qui courait avec le portefeuille. L'homme se découragea et je fus seul à poursuivre le mystérieux voleur, qui slalomait dans les embouteillages et glissait entre les *black cabs* comme une savonnette. Je finis par m'arrêter au coin d'une rue, essoufflé, le cœur cognant sous mes côtes et des taches noires dansant devant mes yeux. Je me redressai : le garçon avait disparu.

Je mis un certain temps à retrouver la librairie. À l'intérieur, tout était redevenu normal. Le vigile avait repris sa place et regardait placidement le serveur du Starbucks se curer le nez. Je m'approchais du département Arts, où une libraire remettait en rayon la revue que le client avait laissée tomber. Quelle ne fut pas ma surprise quand je reconnus l'homme en couverture : *Interview with Ivo Morla – How I will revolutionize the National Gallery.*

Pour une raison étrange, cet épisode me fit du bien. J'avais enfin l'impression d'agir, et je revins au musée avec plus d'entrain.

Mrs Tettley m'attendait dans le hall, un grand sourire aux lèvres.

– Alors, *dear*? Je croyais que tu t'étais perdu ! Cet après-midi, je t'emmène chez les restaurateurs de tableaux. Tu vas voir, c'est *fascinating* !

La petite femme trottinait dans les couloirs, répondant aux appels de son bip et interpellant ses collègues par les vantaux entrouverts (*« Charles, don't forget the security meeting this evening! », « Karine, Mr Winterbotham wants to see you in his office, something to do with the snails for the buffet »*). Elle avait l'air débordée, mais je la soupçonnais d'aimer ça. Puis elle s'arrêta et ouvrit une porte sur sa droite.

– *Come in.* Je vais te présenter. C'est ici que travaillent les restaurateurs.

La pièce dans laquelle nous entrâmes était vaste, haute de plafond et baignée de lumière. L'immense baie vitrée, les murs lambrissés, les étagères couvertes d'outils et les tableaux à même le sol lui donnaient une atmosphère à la fois studieuse et décontractée. Une radio portable crachotait un air de jazz. Au fond, trois personnes étaient alignées devant leurs chevalets.

– Leur tâche est très minutieuse, expliqua Mrs Tettley, ils ont besoin d'un bon éclairage. *Incredible*, non ? Moi, je ne pourrais pas distinguer le vrai du faux. Voilà Lucy, dit-elle en désignant une jeune femme vêtue d'une blouse blanche.

Avec la loupe fixée devant l'œil par un casque et son long coton-tige, elle ressemblait davantage à une chimiste qu'à une peintre.

– Là, c'est Simon.

Le moustachu nous adressa un sourire malicieux.

– Et notre antiquité, *mister* Eugène.

Le vieil homme à la tignasse hirsute et à la longue barbe grise s'approchait si près de la toile que j'eus peur qu'il ne trempe son nez dans la peinture. Sourcils froncés, il ne manifesta aucune réaction. Mrs Tettley en profita pour ajouter :

– Il est un peu « original », si tu veux mon avis. Je crois qu'il vit sur une péniche à Little Venice*… avec un tas de chats !

* Little Venice (la Petite Venise) est un quartier du centre de Londres célèbre pour ses canaux.

Eugène travaillait à la restauration d'un tableau représentant une maison ancienne, perdue dans la campagne. Il était si concentré sur son œuvre que je n'osai pas m'approcher davantage, mais il était sans aucun doute le plus doué des trois. La délicatesse de ses gestes contrastait avec sa corpulence et sa gaucherie dès qu'il s'éloignait de la toile. Remarquant ma fascination, Mrs Tettley m'adressa un petit signe de la main et s'éclipsa discrètement. Je restai à observer Eugène en silence, oubliant complètement d'aller aider Mr Mullard à l'accueil.

Dans l'atelier, la lumière déclinait. Sous les touches légères de son pinceau, je voyais le vent agiter la lande autour de la maison. Lucy et Simon étaient partis depuis longtemps quand Eugène se leva pour allumer une lampe et placer un grand panneau réfléchissant derrière lui. N'ayant pas vu le temps passer, je regardai ma montre et sursautai : 19 h 30 ! Personne n'était venu me chercher ! Et si Carl m'attendait dehors ? Je me glissai hors de l'atelier et pris le chemin du vestiaire.

# *FEMME LISANT N° 2*

Quand je remontai, mon manteau sous le bras, les lumières étaient éteintes, il n'y avait plus personne à l'accueil. La porte en verre, le tourniquet... tout était fermé. Incroyable, on m'avait carrément oublié !

– Hé, ho ! criai-je.

Le gardien de nuit était introuvable. Dans ce musée immense, je mettrais peut-être une heure à le retrouver, et je n'avais aucune envie de déranger Eugène. Je courus dans les galeries, les couloirs, montai et descendis les escaliers. À bout de souffle, je finis par m'asseoir sur un canapé. La lune, qui filtrait à travers la verrière, éclairait la galerie est d'une lueur fantomatique. Maintenant qu'il était vide, le musée semblait plus vaste et plus mystérieux. J'étais impressionné de me trouver seul, entouré de tous ces personnages figés qui me suivaient du regard.

C'était comme dans ce vieux film en noir et blanc que j'avais vu avec ma mère : Charlot restait enfermé une nuit dans un grand magasin et mettait un bazar de tous les diables.

Certes, il n'y avait ici ni déguisements à essayer ni lit confortable sur lequel sauter, mais le musée était à moi.

– Eh, mon gars, t'as perdu ton iPhone ? criai-je à un cuisinier du XVIe siècle qui farfouillait sous une table chargée de faisans.

Ma voix, dans cet épais silence, me fit froid dans le dos.

Le portrait de la femme nue que j'avais remarqué ce matin était là, au bout de la galerie, dont le modèle me fixait pardessus son épaule d'un air provocateur. Je me retournai sottement pour vérifier que personne n'était derrière moi et j'approchai la main de sa peau diaphane quand…

– Rentre ton tee-shirt dans ton pantalon, ordonna une voix aiguë.

J'eus l'impression d'avoir raté une marche.

Je fis volte-face : personne.

– Non mais, qu'est-ce que c'est que ces manières ?

Mon cœur battait à tout rompre. La galerie était déserte. Y avait-il une fenêtre, un haut-parleur ?

– Qui cherches-tu comme ça ? Je suis là, sous ton nez !

Mes yeux s'ouvrirent tout grands : un peu plus loin, dans le tableau près de l'escalier, une femme me *regardait*.

– Tu as interrompu ma lecture, se plaignit-elle, en s'éventant d'un air agacé.

Était-ce un écran de télévision, une illusion d'optique ? Je clignai des yeux mais, rien à faire, la femme agitait toujours son livre.

– Excusez-moi, je… je ne voulais pas vous déranger, répondis-je.

Il était préférable d'être un fou poli.

– C'est fait. Et dois-je te rappeler, jeune homme, que l'usage veut que l'on s'incline devant une lady ?

– Mais vous n'êtes pas une lady, vous êtes seulement... *Femme lisant n° 2*, ajoutai-je après un coup d'œil au cartouche du tableau.

– Oui, eh bien, ce n'est pas une raison, dit-elle en rajustant l'étoffe autour de ses épaules. J'ai essayé de faire comprendre à ce maudit restaurateur que je méritais mieux que l'escalier, mais il n'y avait rien à en tirer !

Je tendis la main vers la toile. Ce n'était pas une peinture, ça ne pouvait pas...

– Bas les pattes, malotru ! s'indigna la femme.

– Mais... vous parlez souvent aux gens comme ça ?

– À vrai dire, non, même si je me sens bien seule dans ce recoin où personne ne s'arrête. Je vous ai remarqué aujourd'hui et j'ai pensé que, vous aussi, vous aviez peut-être envie de parler à quelqu'un...

– Pas faux, avouai-je. Depuis que je suis arrivé ici, je me sens complètement à côté de la plaque. Remarquez, à la maison, c'est pire. J'embarrasse mes parents.

– Vos parents qui vous ont abandonné pour Noël, dit-elle avec compassion.

– Comment le savez-vous ? m'exclamai-je, abasourdi.

– Euh... euh..., bégaya-t-elle en tripotant son étole, je me suis dit qu'un jeune Français, tout seul ici en période de fêtes...

Je la regardai d'un œil soupçonneux.

– Et je suis experte en drames familiaux, voyez-vous, ajouta-t-elle pour se justifier. Ce roman m'a tout appris. Il faut dire que je le lis depuis cent cinquante ans !

Elle me montra fièrement la couverture du livre qu'elle tenait sur ses genoux. Je dus plisser les yeux pour en déchiffrer le titre. C'était *Tom Sawyer* de Mark Twain.

– Moi aussi, j'adore lire. *Harry Potter* est mon roman préféré. Vous connaissez ? C'est drôle parce que les tableaux parlent aussi.

– Bien sûr qu'ils parlent ! Son autrice, Mrs J. K. Rowling, a pris conseil auprès de Wallis pour que tout soit conforme.

– Wallis ?

– Wallis Simpson, enfin, la duchesse de Windsor ! Elle est à la Portrait Gallery, mais nous avons été voisines de rénovation pendant quelque temps. La malheureuse avait la peau du cou toute fripée ! Ce n'est pas parce qu'on est l'épouse du roi que…

– Attendez ! Vous voulez dire que les autres tableaux… parlent aussi ?

Je me sentis défaillir. Mark Twain, J. K. Rowling, Wallis machin-chose… je n'y comprenais rien.

– Cher ami, je vais finir par croire que vous êtes sot ! Évidemment que nous parlons ! C'est le miracle de l'art !

– Mais… mais…

– Maimai-maimai, singea la femme. Nous parlons mais pas *à tout le monde.* Rares sont ceux à qui nous révélons notre secret.

Je me laissai tomber sur la chaise d'un gardien.

– Et personne ne vous voit bouger, respirer, je ne sais pas, moi, cligner des yeux ?

– Nous n'avons pas les mêmes besoins que vous autres. Et, dans notre monde, rien ne change. Sauf les couleurs qui s'affadissent parfois, concéda-t-elle en se pinçant les joues pour les rendre plus vives. D'ailleurs, vous me faites penser : Maria ! appela-t-elle en se retournant vers la porte peinte derrière le sofa. Je crains que les fleurs ne soient passées. Pourriez-vous m'en apporter de nouvelles, je vous prie ? Elles sont toujours plus belles fraîchement cueillies.

Je ne perçus aucune réponse mais ma compagne sembla satisfaite.

– Ma bonne habite avec moi, expliqua-t-elle. Elle doit être dans le jardin, je l'entends chanter, mais elle ne se montrera pas, elle est trop timide.

– Le jardin ? Il y a autre chose que ce salon ? m'étonnai-je à nouveau.

Je ne distinguais rien de plus que des traits de pinceau sombres.

– Oh ! oui, il y a bien plus derrière cette porte. Un jour, je vous montrerai la lande sauvage qui s'étend au-delà de…

La femme s'interrompit brusquement quand une grosse voix tonna :

– *Who's there?*

– Vite, on vient ! souffla-t-elle. Fuyez !

Je détalai à la vitesse de l'éclair quand j'entendis à l'angle de la galerie :

– Vous devriez essayer la fenêtre du cagibi, au rez-de-chaussée…

Je fis volte-face et vis le cardinal de Richelieu me faire

un clin d'œil depuis son tableau. Sans réfléchir, je dévalai quatre à quatre les marches de l'escalier qui menait au débarras où Mrs Tettley rangeait les produits d'entretien. Par chance, la fenêtre était ouverte et je pus l'atteindre sans efforts.

Dehors, il faisait nuit noire. Je détalai jusqu'à l'arrêt de bus et pris le premier qui passait, sans vérifier la direction. Trop secoué par ce que j'avais vécu, je ne vis pas les stations qui défilaient, ni n'entendis Albert me réprimander pour mon retard lorsque j'arrivai enfin à Connaught Square deux heures plus tard. Comme un zombie, je descendis jusqu'à la chambre du sous-sol et m'écroulai sur le canapé, où je m'endormis tout habillé. Je commençais à avoir l'habitude.

# LA BRUYÈRE ET LES JONQUILLES

– Tu t'es bien amusé hier soir ? lança Léonie d'un ton acerbe alors que je m'asseyais à la table du petit-déjeuner. Tu crois que c'est un hôtel ici ? Carl t'a attendu dans la voiture pendant une heure ! Je ne parle même pas de ce pauvre Albert qui avait préparé des parfaits en cages de sucre pour le dîner !

Alors là, c'était trop fort ! Mes parents m'avaient lâchement abandonné, j'étais condamné à passer Noël dans une ville étrangère, j'acceptais d'y travailler sans broncher et j'avais droit à des leçons de politesse ? Albert débarrassa l'assiette de Léonie et m'ignora royalement, son nez de musaraigne pointé vers le plafond en signe du plus grand dédain.

– Désolé, je suis resté enfermé dans le musée et j'ai discuté toute la soirée avec un tableau. Très sympa, vraiment.

Je pensais que Léonie s'énerverait, mais elle eut l'air inquiet et se mit à tripoter la chaîne en argent qu'elle portait autour du cou.

– J'ai pris le mauvais bus et je me suis perdu, finis-je par expliquer, ce qui n'était pas tout à fait faux.

–Va chercher tes affaires au lieu de raconter des âneries. J'ai engagé mon nom pour t'obtenir cette place à la National Gallery, il est hors de question que tu me fasses honte en arrivant en retard pour ton deuxième jour.

– Je ne vous ai rien demandé, râlai-je. Je peux aussi ne pas y retourner du tout, vous savez !

Vu les événements incroyables de la veille, je n'avais aucune envie de mettre ma menace à exécution, mais l'aigreur de ma grand-tante me faisait voir rouge. Je descendis prendre mon sac à dos en pestant et remontai les marches à fond de train quand sa voix me parvint depuis le salon. Elle chuchotait, comme si elle craignait d'être entendue.

– … falloir le surveiller. Je compte sur toi.

Puis elle quitta la pièce sans se douter de ma présence. Je jetai un œil. Personne. Si Léonie devenait folle elle aussi, c'était le pompon.

Étant donné que Carl ne m'attendait pas dehors, j'en conclus que je devais me rendre seul au musée. L'air était glacé mais il faisait beau et je décidai de faire le trajet à pied. Marcher m'avait toujours aidé à réfléchir et j'avais besoin de faire le point.

Ma nuit avait été agitée de cauchemars : une tortue géante avec un faux col me guidait à travers des galeries interminables et me montrait un tableau représentant un couple de dos. Un couple étrangement familier. La tortue tapait contre le cadre et mes parents se retournaient, hilares. « Notre fils n'a jamais été doué, que voulez-vous ? Vous n'avez qu'à l'enfermer dans le cagibi ! Au moins, il ne dérangera personne ! » En me réveillant en sueur, j'avais immédiatement composé leurs numéros mais une voix robotique m'avait répondu : *«The number you are calling cannot be reached.»* Pourquoi ne répondaient-ils pas ? Où étaient-ils vraiment ? Cette femme m'avait-elle parlé hier soir ou avais-je rêvé ?

Taraudé par toutes ces questions, je regardais à peine les grands magasins d'Oxford Street ouvrir leurs portes et les premiers clients frigorifiés s'y précipiter, dans l'espoir de dénicher un cadeau de Noël de dernière minute. Au carrefour de Picadilly Circus, je ne pus cependant ignorer les gigantesques écrans qui martelaient leurs spots publicitaires ou vantaient la dernière comédie musicale à la mode. Je pressai le pas, dépassant boutiques de souvenirs ringardes, bureaux de change, casinos, et même une immense enseigne M&M's, étalant ses friandises sur les quatre étages d'un immeuble de verre. Sur Trafalgar Square, le sosie de Michael Jackson avait commencé son show. J'étais en retard.

Après un rapide signe de la main à Mr Mullard, qui parcourait avec un flegme tout britannique les derniers potins du *Sun*, je courus vers la galerie est, incapable de contenir mon impatience. Mais un claquement d'escarpins me rattrapa :

– Oscar, *dear* ! Enfin ! Que fabriquais-tu ? Allez, suis-moi ! Ce soir, c'est le cocktail des artistes. Tu n'as pas oublié, n'est-ce pas ? Il y a teeellllement de choses à faire ! *Off we go!*

Et elle me poussa dans la galerie opposée.

On aurait dit que Mrs Tettley faisait tout pour que je n'aie pas une minute à moi : nettoyage des toilettes condamnées du troisième étage (*« you never know »*), commande de rince-doigts biodégradables pour le buffet (*« you never know »*), conseil sur le vernis qu'elle mettrait sur ses orteils (*« you never know »*)… Armé d'un seau, d'une époussette à plumes d'autruche et d'une serpillière à trois vitesses, je ressemblais à Cendrillon s'échinant avant le bal princier. Des petits oiseaux et des souriceaux grassouillets chantaient sûrement à tue-tête à mon passage.

À midi, j'étais rincé. Je m'enfermai dans le cagibi (finalement, pourquoi pas ?), espérant y savourer en paix le sandwich au saucisson dégoté dans une boulangerie française. Mais Mrs Tettley m'en délogea pour vérifier que tous les produits d'entretien étaient bien alignés par ordre de taille. Je pris la direction opposée à la salle commune pour ne plus sentir son souffle angoissé dans mon cou et filai droit vers l'atelier de restauration.

À l'intérieur, le silence régnait. Une lumière douce tombait de la verrière et le radiateur en fonte diffusait une agréable chaleur. Lucy et Simon avaient dû prendre leur pause déjeuner car Eugène était seul face à son tableau. Comme la dernière fois, il ne prit pas la peine de se retourner pour voir qui était entré. Alors, je m'assis par terre et le regardai peindre, croquant ses postures dans mon carnet à dessins. Ses gestes de chef d'orchestre, tantôt courts et saccadés, tantôt amples et ronds, m'apaisaient. Ma tête commençait à dodeliner comme le cobra devant un charmeur.

– C'est beau, dis-je tout fort sans m'en apercevoir.

Eugène fit volte-face et me fixa de ses yeux bleus. Avec ses larges épaules, sa longue barbe grise et sa tignasse hirsute, je n'avais pas encore remarqué l'intensité de son regard. Sans prononcer un mot, il me fit signe d'approcher. Je me levai, à demi endormi, pour le rejoindre. La toile de la maison balayée par les vents avait été lacérée sur un côté.

– C'est un cottage de la Tweed Valley, près d'Eildon Hill, un ancien volcan écossais, expliqua Eugène.

Sa voix était basse et étonnamment suave.

– Que lui est-il arrivé ? demandai-je en montrant la déchirure.

– On ne peut pas en être sûr, après tant d'années. Probablement un coup de couteau pour avoir fait une entaille aussi nette.

– Ça doit être difficile de restaurer un tableau qui a tant souffert.

– Souffert ? s'étonna Eugène. C'est drôle que tu utilises ce mot.

– Eh bien, il est sacrément abîmé…

– Je n'essaierai pas de masquer la déchirure. Ce serait nier la vérité de son histoire. Maintenant, elle fait partie du tableau.

– Vous pensez que c'est le peintre qui a fait cela ?

– Va savoir, fit-il en haussant les épaules. Mais il faut de la rage pour donner ce coup, et qui d'autre que lui pour se retourner aussi passionnément contre son œuvre ?

Comme je restais silencieux, Eugène poursuivit :

– Il est étrange que ce tableau ait été choisi, car il en existe plusieurs versions dans un bien meilleur état. Peintes à différentes saisons, à différentes périodes de la vie de l'artiste.

Les voici…, dit-il en montrant quatre toiles plus petites, suspendues à des tringles contre le mur de l'atelier.

Tout en jaunes et ocres, elles étaient beaucoup plus gaies et lumineuses. Aucune entaille ne les défigurait et elles étaient signées – une initiale discrète –, contrairement à la version sur laquelle Eugène travaillait.

– L'artiste devait être célèbre pour que ce tableau soit restauré ? supputai-je.

– Oh non, c'était un peintre mineur. Mais il faut parfois obéir aux lubies des bienfaiteurs du musée. Quand l'un d'entre eux jette son dévolu sur une toile et allonge les billets pour lui redonner vie, le directeur s'exécute. Il est d'autant plus surprenant qu'il ait accepté celle-là, car elle est récente comparée aux autres œuvres exposées. Regarde plutôt par ici, ajouta Eugène en désignant les chevalets de Simon et Lucy. Ça, c'est de l'art… tu ne crois pas ?

Une Nativité (je ne comprendrai jamais pourquoi les bébés de la Renaissance étaient si laids) et une nature morte. Humpf. Je réprimai un bâillement. Constatant qu'il ne tirerait aucun commentaire spirituel de ma part, Eugène s'en retourna à son chevalet avec un sourire en coin. Je me gardai bien de l'interroger sur les pectoraux dignes de Terminator de l'enfant Jésus et admirai à nouveau le cottage qu'il restaurait. Ses murs blanchis à la chaux jetaient une tache claire au milieu de la lande. Le vent, qui roulait par-dessus d'énormes rochers noirs, battait les fougères et la bruyère mauve. Il y avait quelque chose de terrible dans cette nature sauvage. Je n'y connaissais rien, mais cela ne me semblait pas mineur du tout.

– On dirait que certains tableaux ont un pouvoir… commençai-je.

– Quel genre de pouvoir ? s'étonna Eugène.

– On dirait… on dirait qu'ils sont vivants.

– Ils le sont pour ceux qui savent bien regarder, répondit-il. Viens voir et tends l'oreille…

Eugène me prenait pour un petit garçon impressionnable et j'eus un peu honte de m'approcher ainsi de la toile. J'étais si près que je distinguai chaque touche de pinceau dans le tumulte du ciel. Évidemment, je n'entendis rien mais, après quelques secondes, je sursautai. Une bise légère avait soulevé une mèche de mes cheveux. Une bise qui sentait la tourbe.

– Incroyable, n'est-ce pas, ce que l'on ressent parfois ? dit Eugène tout bas. Les tableaux que j'aime sont vivants pour moi aussi. Mais file maintenant, les autres vont revenir et tu ne dois pas les déranger dans leur travail.

Et il souffla sur son pinceau en m'adressant un clin d'œil.

Ce farceur (qui l'eût cru) m'avait juste soufflé dans l'oreille.

Bizarrement, je commençai à comprendre ce que mes parents aimaient tant dans l'art. Même si je ne l'avais jamais ressenti devant leurs créations, je le percevais dans le travail minutieux et passionné d'Eugène. Je n'étais certes pas aussi ému que devant une planche de *Blacksad* ou une part de tarte aux noix de pécan, mais c'était la première fois que quelqu'un se montrait patient à mon égard et ne jugeait pas mes goûts. Le poids qui pesait sur ma poitrine depuis trois jours s'allégea un peu. Plongé dans mes pensées, je me dirigeai naturellement vers la galerie est. J'avais besoin de revoir cette femme au livre et d'en avoir le cœur net.

Le tableau était à sa place, près de l'escalier. J'approchai, le cœur battant. *Femme lisant n° 2* était bien dans son cadre, le même châle disposé négligemment autour de ses épaules, le même bouquet de jonquilles épanoui à ses côtés, le même volume entre ses mains. Je reculai puis avançai à nouveau, plissant les yeux. Pas un mouvement, rien.

– Hé, pssssst, tentai-je sans conviction.

– Keuf-keuf, toussota le gardien en me lorgnant d'un œil sévère depuis sa chaise pliante.

J'étais vraiment un imbécile. Qu'espérais-je voir ? J'avais rêvé. La tension du premier jour de travail m'avait tapé sur l'occiput. Je m'étais imaginé cette discussion. Les tableaux qui parlent n'existaient que dans les romans. Déçu, j'allais me résigner à rejoindre le placide Mr Mullard quand un détail me sauta aux yeux : les jonquilles ! Les jonquilles n'étaient plus les mêmes. Elles étaient d'un jaune éclatant. Elles étaient *fraîchement cueillies*.

## *SURPRISE PARTY*

– Ils vont arriver d'une minute à l'autre ! s'exclama Mrs Tettley, au bord de la syncope. *Oh, Jesus!* Nous n'avons pas vérifié si...

– Ne vous inquiétez pas, coupai-je. Tout est parfait. Sauf si vous avez mis le vernis orange à la place du rouge sur vos doigts de pieds !

– Petit chenapan ! gloussa-t-elle en me donnant une tape sur l'épaule.

Et nous nous dirigeâmes tous deux vers l'entrée de la National Gallery.

Un long tapis carmin avait été déroulé sur les marches, encadré d'une centaine de bougies dont les flammes vacillaient dans la brise hivernale. Quelques passants regardaient avec curiosité les invités qui se présentaient au pied de l'édifice. Bientôt, les smokings et les robes de soirée défilèrent. Des émeraudes scintillaient aux oreilles, de longs colliers de perles cliquetaient autour des cous, et les poignets chargés de bracelets se balançaient nonchalamment par-dessus l'épaule comme pour signifier que tout ce luxe était bien naturel, voyons.

D'habitude, je détestais les soirées mondaines. Mes parents m'y traînaient de force en me faisant mille recommandations : « Je compte sur toi pour ne pas dire que tu séchais tes cours de sculpture ! », « Cette fois, si tu vois des toilettes, ne t'assois pas dessus ! »... Ici, hormis les gémissements inquiets de Mrs Tettley, on me fichait la paix. Je n'étais pas obligé de placer « post-modernisme » dans chaque phrase ni de prétendre savoir qui étaient Cristo et Jeanne-Claude.

Dans le hall d'entrée, l'assistante d'Ivo Morla accueillait les invités d'une courbette affectée avant d'indiquer le chemin à suivre : *« Madam, sir, this way, please. »* Mrs Tettley et moi emboîtâmes le pas à un couple visiblement impatient d'arriver au buffet. Je ne pus retenir une exclamation émerveillée en débouchant sous un majestueux dôme de verre. Les pendeloques d'un lustre de cristal de la taille d'un iceberg diffusaient des éclats de lumière sur le sol en mosaïque.

Au centre de cette salle se dressaient une estrade et un grand bar circulaire derrière lequel s'affairaient des serveurs en spencer. Ils versaient les cocktails avec des gestes savants et leurs shakers tournoyaient en tous sens sous l'œil admiratif d'une grappe de jeunes femmes. Un vieux monsieur bedonnant tournait, virait autour d'elles, opinant d'un air appréciateur. Voilà ce que j'aimais : observer les gens, essayer de deviner leur caractère, leurs pensées (ce bonhomme rêvait sûrement aux canapés de foie gras au lieu d'écouter son voisin), repérer des scènes cocasses auxquelles les autres ne prêtaient pas attention...

Je regardais une petite vieille qui faisait la moue devant un Rembrandt, sa coupe de champagne dangereusement penchée, quand une rumeur enfla dans l'une des galeries. Le célèbre Jeff Booms, l'un des sept artistes conviés par le musée, venait de faire son apparition. Costume impeccable, raie sur le côté tracée au rapporteur, derbys ultra brillants... c'était un drôle de mélange entre Kevin Costner et le comptable de mon collège. Je n'aurais jamais deviné qu'il était artiste si ma mère ne m'en avait pas parlé cent fois.

– *Who's that guy?* claironna Mr Mullard, qui avait déjà forcé sur la caïpirinha.

– *Shhhhhhhhush!!!!!* souffla Mrs Tettley en surgissant derrière un pilier. Enfin, Ed! C'est cet homme in-cro-ya-ble qui a sculpté un ballon en forme de caniche. Vous savez bien, n'est-ce pas? Vous ne pouvez pas travailler ici sans avoir un minimum de...

Trois assistants zélés fondirent immédiatement sur Jeff Booms, virevoltant autour de lui comme une volée de moineaux. Ils l'entraînèrent vers Ivo Morla, qui était resté dans un coin de la salle avec les invités les plus prestigieux. Le directeur semblait étrangement petit au milieu des échassières en robe fourreau qui l'accompagnaient, mais ses gestes lents, presque féminins, et son rictus sournois lui donnaient un air d'autorité incontestable.

– Mon cher ami, susurra-t-il en prenant la main de Jeff Booms entre les siennes.

Booms fut presque aussitôt suivi par Damien First. Cheveux en brosse, nez épais, lèvres pincées, tout de noir vêtu jusqu'à ses maxi lunettes carrées : j'aurais pu le prendre pour un bobo quelconque si ma mère ne m'avait pas raconté, des trémolos dans la voix, qu'il se spécialisait dans la crucifixion de cadavres d'animaux plongés dans du formaldéhyde. Le genre d'horreur qu'elle portait aux nues comme le summum de la réflexion existentielle et qui me laissait comme deux ronds de flan. Mais elle n'était pas à une excentricité près. Par contre, je ne comprenais toujours pas qu'une personne aussi équilibrée que Mrs Tettley s'émeuve, elle aussi, de l'arrivée de ces zigotos.

Si Damien First semblait plus décontracté que Booms, ce n'était rien comparé au troisième artiste. Avec ses cheveux poivre et sel attachés en catogan, sa longue barbe pointue qui lui tombait sur la poitrine et son sourire malicieux, Takashi Murakazi détonnait. Sweat-shirt à capuche, sac en bandoulière et pantalon à larges poches : il avait la dégaine d'un ado attardé qui serait entré là par hasard. (J'en savais quelque chose : quand ma grand-tante m'avait tendu le smoking loué pour la soirée, je m'étais senti comme une poule devant un couteau.) Mr Mullard commença à rire bruyamment de cet étrange accoutrement quand un cri perçant retentit dans le hall :

– Takeshiiiiiiiii !

Je me retournai aussi vite qu'une balle de tennis en plein revers. Mon Dieu, c'était impossible...

– Takeshiiiiii ! reprit la voix suraiguë que je connaissais bien.

Et je la vis, radieuse, courant vers Takashi Murakazi du haut de ses talons aiguilles, les pans de sa robe multicolore dansant autour de ses mollets nus, un chapeau de paille hors de propos sur la tête. Ma mère.

– *My old pal! What's the crack? It's been aaaaaaaages!*

– C'est TaKAshi, Valeria. Je te l'ai déjà dit cent fois, petite coquine ! s'esclaffa le Japonais derrière ses lunettes rondes.

Éberlué, je vis ma mère (ma mère censée être à Bogotá ! ma mère, qui m'avait laissé un pauvre mot griffonné à la hâte le premier jour des vacances ! ma mère, qui m'avait envoyé vivre chez une inconnue ! ma mère, aussi mal fagotée que d'habitude) se jeter sans pudeur dans les bras de Takashi Murakazi.

– Alors, fiston, tinta une voix enjouée tout près de moi alors qu'une main énergique m'ébouriffait les cheveux. Heureux ?

Je restai la bouche ouverte pendant quelques secondes. On aurait pu jouer des castagnettes avec ma mâchoire.

– Que-que que-que… qu'est-ce que vous faites là ? bafouillai-je.

– Nous voulions te faire la surprise, dit mon père sur un ton d'excuse. Ta mère a été sollicitée par le musée pour cette exposition à la dernière minute. C'est une formidable reconnaissance de sa carrière.

– Je… mais… je ne comprends pas, fis-je, incrédule, avant de sentir une bouffée de colère m'envahir. Vous n'avez pas estimé utile de prévenir votre fils bien-aimé ? Non mais franchement ! Peut-être aurait-il voulu le savoir ? Peut-être même aurait-il pu *vous accompagner* ?!

Mon père ne saisit pas l'ironie. Il regardait ma mère l'œil brillant, bombant le torse, comme il le faisait toujours lorsqu'il était fier. Mes parents s'aimaient passionnément et, aussi étrange que cela puisse paraître, je m'étais toujours senti exclu. De leur complicité, de leur art, de notre famille. Les larmes me montèrent aux yeux.

– Oui, je sais, souffla-t-il, moi aussi, je suis ému.

– *Come on*, Takeshi! Que je te présente ma merveille! s'exclama ma mère, en fonçant vers nous.

Elle m'écrasa dans ses bras et me planta deux gros baisers sur les joues.

– Mon chéri, comme je suis heureuse de te voir! Nous ne t'avons pas trop manqué? Voici Takeshi, le plus grand artiste au moooonde, roucoula-t-elle en balançant sa tête en arrière, ce qui fit tomber son chapeau.

– TaKAshi, maman, corrigeai-je sèchement pour éviter de répondre à sa question. Et puis d'abord, tu aurais au moins pu me…

– Takeshi, voici mon fils, mon bijou, mon chef-d'œuvre, continua-t-elle sans s'arrêter. Oscar! Il travaille au musée avec Ivo pendant ses vacances.

C'était une drôle de façon de dire que j'époussetais les cadres et récurais les toilettes.

– Salut, dit Takashi en me faisant un check auquel je répondis maladroitement.

– Vous êtes spécialisé dans le papier peint à fleurs, c'est ça? demandai-je dans une veine tentative de moquerie.

Même si le bougre avait l'air sympathique, je n'avais aucune envie d'être aimable. Mais Takashi ne s'en vexa pas le moins du monde et éclata d'un grand rire qui lui secoua les épaules.

– Un «papier peint» récemment vendu à près de un million de dollars chez Sotheby's, même si je n'apprécie guère ces détails bassements financiers, ajouta mon père en m'écrasant le pied. En fait, sans vouloir être vulgaire, vous pesez à vous sept plus de 90 % du marché actuel du monde de l'art. Si quelqu'un voulait faire disparaître l'art contemporain, il n'aurait qu'à se pointer ici et...

Un petit bruit sourd coupa les remarques hautement poétiques de mon père. Mrs Tettley était montée sur l'estrade et tapotait sur un micro.

– *Please!* S'il vous plaît! *Qing! Oneigaishimasu!** récita-t-elle dans un sourire crispé. Mr Morla voudrait vous adresser quelques mots.

Elle s'écarta avec une révérence malhabile et laissa la place au directeur. Ivo Morla leva les mains en signe de bienvenue et resta un instant silencieux, parcourant l'assemblée du regard.

– Monsieur le secrétaire d'État, madame la ministre d'État, monsieur le sous-secrétaire d'État parlementaire... (Ce discours promettait d'être passionnant, pensai-je en soupirant.) ... monsieur le maire, mesdames et messieurs, chers invités, chers collègues, chers amis. C'est avec une profonde émotion et une immense fierté que nous accueillons ce soir les plus

* Cette chère Mrs Tettley a l'élégance de s'adresser aux invités dans leur langue: l'anglais, le français, le chinois et le japonais (phonétiques). Une conscience professionnelle qui l'honore, n'est-ce pas?

grands artistes contemporains au monde. Chacun de ces sept génies a créé une œuvre exceptionnelle – sculpture, peinture, installation, performance – pour chacune des galeries de notre musée. Preuve que notre noble institution sait se réinventer, que dis-je ! se réenchanter par son ouverture internationale à d'autres formes d'art. Toutes mes excuses à mes comparses de la Tate Modern* d'avoir eu cette idée avant eux…

J'observais les invités – ceux qui écoutaient docilement, le menton dans la paume de la main pour afficher leur concentration, ceux qui chuchotaient en ricanant, désinvoltes, et ceux qui regardaient dans le vague, l'œil mort, venus uniquement pour les petits fours – quand je vis une silhouette familière se *couler* dans l'assistance. Non, cela ne pouvait pas être lui. Et pourtant, cette agilité, cette chevelure bouclée… Il portait un smoking élimé et je ne voyais pas son visage, mais je ne pouvais m'y tromper. Le garçon débraillé que j'avais aperçu la veille à la librairie ! Comment avait-il pu entrer ? J'en oubliai de détester mes parents.

Pendant ce temps, Ivo Morla continuait son oraison avec passion :

– … ambition pour la Culture… supplément d'âme… une chance inouïe pour notre ville…

Le temps que je tourne la tête et le garçon avait disparu. Argh, il allait encore me filer entre les doigts ! Je voulais savoir ce qu'il fabriquait ici.

* La Tate Modern est un célèbre musée d'art moderne et contemporain, au centre de Londres.

– … le symbole d'un nouveau départ… sentiment d'un patrimoine commun…

Était-il une sorte d'Arsène Lupin qui dépouillait les femmes de leurs diamants et les maris de leurs montres à gousset ? J'étais intrigué et, il faut l'avouer, un peu envieux de son audace, ne faisant moi-même jamais rien d'interdit.

– … une passerelle entre l'art ancien et l'art contemporain…

J'avais lu trop de romans d'aventures, il habitait peut-être le quartier et avait eu vent de l'événement.

– … la passerelle entre la mémoire et le temps présent pour nous relier au fil de l'Histoire ! Merci de votre attention, chers amis, passez une excellente soirée et surtout…

– RENONCEZ ! crachèrent soudain les haut-parleurs qui encadraient l'estrade. RENONCEZ À CETTE EXPOSITION OU IL VOUS EN COÛTERA ! RENONCEZ OU VOUS DISPARAÎTREZ UN PAR UN. JE VOUS LAISSE UNE CHANCE AVANT QUE LE MONDE VOUS OUBLIE. CECI EST MON DERNIER AVERTISSEMENT.

Mrs Tettley tournoya comme une girouette pour tenter d'identifier la provenance de cette voix, Eugène caressait sa longue barbe, sourcils froncés, et Ivo Morla restait figé sur l'estrade, ses yeux globuleux roulant dans leurs orbites. Les haut-parleurs grésillèrent, le silence tomba et le lustre s'éteignit brutalement avant de dégringoler sur l'assemblée.

# LA LETTRE

Un charivari indescriptible s'ensuivit. Au milieu des cris, des bousculades et des éclats de verre brisé, je me faufilai en tâtonnant le long d'un mur pour m'approcher du local technique quand quelqu'un me percuta brutalement et me renversa comme une quille. Mon élan d'héroïsme fut fauché en pleine course. Je restai à terre, le souffle coupé, percevant à peine les glapissements indignés de ma mère (« C'est un scandale ! ») et les vaines tentatives de Mrs Tettley pour ramener le calme (« *Dear friends*, chers amis, *qin'ài de péngyoumenouuuuuuuccchhh* ! Qui m'a écrasé les orteils ?? »).

Alors que je me relevais tant bien que mal, glissant sur un rince-doigts biodégradable égaré loin de son escargot, deux silhouettes furtives disparurent dans le couloir. Trente secondes plus tard, il y eut un claquement sec et la lumière se rétablit. Dans d'autres circonstances, la scène aurait été cocasse : j'avais l'impression d'assister à une partie d'1, 2, 3 Soleil, chaque joueur figé dans une position grotesque. Mr Mullard apparut à quatre pattes sur le bar, fesses en l'air, la main tendue vers une bouteille de cachaça, l'une des jeunes femmes avait sauté dans les bras secourables d'un serveur, Jeff Booms et Damien First en étaient venus aux mains, cheveux en bataille pour l'un, lunettes de traviole pour l'autre. Seul Takashi Murakazi, sourire aux lèvres, semblait parfaitement à l'aise dans cette pagaille. Ivo Morla et Eugène revinrent du local technique, préoccupés.

– Je vous prie d'accepter nos excuses pour ce regrettable incident. Je puis désormais vous assurer de votre sécurité, déclara le directeur. Notre technicien est en train de remonter le lustre, qui a glissé à la suite d'une mauvaise manipulation. Ce lustre est doté d'un système de sécurité qui l'arrête automatiquement à une certaine hauteur et vous ne couriez aucun risque. Notre service d'ordre est sur les traces de l'individu qui s'est introduit parmi nous pour proférer cette menace ridicule et ne tardera pas à le remettre aux autorités compétentes. Rien n'a été volé ni détérioré, et cette soirée peut continuer sous les meilleurs auspices. N'hésitez pas à solliciter notre équipe, qui reste à votre service, si vous avez besoin d'être rassurés de quoi que ce soit. Les petits fours sont servis. Bonne dégustation !

Malgré cet argument massue, la moitié des invités quitta la grande salle en faisant des messes basses et l'air indigné, prétextant un cours tardif de bridge ou un *tea time* improvisé chez l'ambassadeur du Japon. La vieille dame à la coupe de champagne saisit tout de même au vol un toast foie gras-chutney de figue avant de s'éclipser.

Pendant ce temps, les artistes s'étaient regroupés autour d'un petit homme chauve qui parlait avec animation. Sa silhouette me rappelait quelque chose. Mes parents ne m'avaient pas montré sa photo dans les magazines d'art ou la presse *people*, non. Je l'avais déjà vu de mes propres yeux. Mais où ? Ma mère, qui se taisait pour une fois, m'attira auprès d'elle.

– … m'est arrivé quelque chose de fâcheux hier, disait l'homme. Je faisais le tour du quartier afin de me familiariser avec les lieux. Je suis toujours très stressé à l'idée d'une nouvelle exposition… Il me prend parfois, la nuit, des angoisses terribles ! Enfin bref. On m'a volé mon portefeuille.

– Fâcheux, en effet, l'encouragea mon père.

– Ce n'est pas cela. À la place de ce portefeuille, dans la poche de mon manteau, j'ai trouvé une lettre.

La scène me revint en un éclair. Le petit homme chauve ! Celui qui s'était fait détrousser à la librairie la veille ! Quelle coïncidence ! Décidément, cette soirée devenait palpitante.

L'homme sortit de sa poche une enveloppe blanche qui portait son nom : Yue Munjin, et l'ouvrit devant nous. La lettre, lapidaire, avait été tapée à la machine :

Votre art dégénéré n'est pas le bienvenu dans ce musée. Détruisez votre œuvre et renoncez à cette exposition contre-nature. Si vous résistez, je briserai votre carrière et votre vie. Je vous laisse une chance de disparaître avant que le ciel ne vous tombe sur la tête. Ceci est mon premier avertissement.

Contrarié d'avoir été décoiffé pendant l'incident, Jeff Booms passa un peigne en écaille dans ses cheveux et, sans un mot, retira la même enveloppe de la poche intérieure de sa veste.

– Incroyable ! s'exclama Yue Munjin.

– Elle était glissée ce matin sous ma tasse de café americano. J'ai interrogé le personnel de l'hôtel, évidemment.

– Baf, ce n'est rien, s'agaça Damien First. C'est l'acte d'un cinglé, voilà tout. Ce n'est pas la première fois que vous recevez des menaces, si ? Ça m'arrive presque tous les jours, et je dois dire que celle-ci n'est pas la plus originale. Mais que voulez-vous ? Mon art est tellement subversif. Il est inévitable que la cervelle fragile d'une poignée de malades mentaux en soit ébranlée.

– Mais alors… toi aussi, Damien ? demanda une femme d'une cinquantaine d'années que je n'avais pas encore remarquée.

Ce devait être Jenny Maville, l'artiste femme la plus chère au monde. Sa longue jupe stricte, son pull-over informe et son absence de maquillage lui donnaient un air austère qui ne pouvait contraster davantage avec celui de ma mère, sortie tout droit de *Qui veut la peau de Roger Rabbit* ?

– Oui, moi aussi, confirma Damien First avec décontraction.

– Un cinglé, peut-être, mais qui a tout de même décroché un lustre et failli blesser des gens, quoi qu'en dise Ivo, remarqua mon père. « Avant que le ciel ne vous tombe sur la tête »…

– Nous aurions pu mourir ! s'écria ma mère, qui retrouvait son assurance. En tout cas, c'est ma première lettre de menaces, minauda-t-elle en l'extirpant de son sac à main après un vieux bâton de céleri, une ombrelle pliable, un dictionnaire de farsi, une dizaine de mouchoirs usagés et une patte de poulet dont je ne pus m'expliquer l'usage.

– «Votre art dégénéré»... Je ne pensais pas entendre à nouveau cela, soupira le dernier artiste.

Beaucoup plus âgé, il portait une barbe de trois jours sur ses joues creusées et s'exprimait avec un fort accent allemand. Son regard pénétrant scannait lentement ses compagnons, et il dégageait une impression de clairvoyance tranquille mais aussi de tristesse. La liste des invités m'informa qu'il s'agissait d'Anselm Fieker.

– Cela signifie... ? continua-t-il.

Le petit groupe se regarda. Après un instant de silence, chacun sortit l'enveloppe qui lui avait été adressée et la posa au milieu des coupes à champagne vides. On aurait dit des invitations à un goûter d'anniversaire. En voyant les sept enveloppes ainsi regroupées, seul Damien First sembla déçu de ne pas avoir été distingué.

– Cela signifie que nous sommes tous en danger, conclut Takashi Murakazi. Champagne ?

# LES PORTRAITS

– Formidable. Absolument formidable, répétait Ivo Morla en examinant les lettres qui s'étalaient devant lui, une lueur mauvaise dans l'œil.

Lorsque le sous-secrétaire d'État avait quitté le musée, le directeur avait été informé des menaces qui pesaient sur son exposition. Sa réaction étonna les invités.

– Formidable ?! s'étouffa presque Jeff Booms avant de repasser son peigne en écaille dans ses cheveux (un tic nerveux qui semblait beaucoup amuser Damien First). Êtes-vous inconscient, mon pauvre Ivo ? Notre sécurité est en jeu… et, avec elle, la réputation de la National Gallery ! Dois-je vous rappeler les conditions de notre contrat si mon œuvre venait à être détériorée ? Vu l'efficacité douteuse de votre service de sécurité…

– Nous devons à tout prix étouffer cette affaire, confirma Mrs Tettley, catastrophée, en se hissant comme elle pouvait par-dessus l'épaule d'Anselm Fieker. Et si quelqu'un prévenait la presse ? Ce serait *terrible* !

– Au contraire, Mrs Tettley. Vous ne comprenez donc pas ? C'est une incroyable publicité pour notre exposition ! Sept artistes mondialement connus, sept œuvres estimées à plusieurs millions de livres menacés par un mystérieux maître chanteur. Qu'ils préviennent la presse ! D'ailleurs, ne soyons plus les victimes de cette odieuse machination et communiquons les lettres dès demain. Je vais appeler de ce pas le directeur éditorial du *London Times.* C'est un ami…

– Je n'apprécie guère d'être utilisé comme appât pour combler votre soif de gloire personnelle, protesta Jeff Booms.

– Mon cher Jeff, ma gloire, comme vous dites, sera aussi la vôtre. Je vous garantis la une, et je ne donne pas vingt-quatre heures avant que les autres journaux s'emparent de cette information.

– Ivo a raison, intervint mon père. Sans vouloir parler gros sous, vos œuvres pourraient bien doubler, voire tripler de valeur sur le marché avec cette histoire. Souvenez-vous du tableau de Banksy qui s'est autodétruit en pleine enchère, à deux pas d'ici… C'était un coup de génie : Banksy n'a pas détruit son œuvre lors de cette vente, il en a créé une nouvelle ! Elle a même été renommée après cet événement et son estimation a atteint des sommets… pour la plus grande joie de son acheteuse de l'époque.

– Nous ne créons pas tous pour l'argent, rétorqua Jenny Maville en regardant Booms de travers. Mais je suis d'accord pour ne pas nous laisser intimider.

Ivo Morla exultait froidement.

– Très bien, trancha-t-il, c'est décidé. Que diriez-vous

d'un portrait de chacun d'entre vous pour accompagner cet article ? Pour rendre la chose plus... personnelle, plus... attractive pour le grand public.

– Notre photographe officiel est encore là, dit Mrs Tettley, qui filait déjà comme une fusée. Demandons-lui de prendre un cliché du groupe.

– Hum, il faudrait quelque chose de marquant... réfléchit Ivo Morla en regardant Eugène.

– Je pourrais faire votre portrait, proposa le restaurateur de sa voix de basse.

Tout le monde se tourna vers lui, surpris d'entendre ce vieux bonhomme qui était resté silencieux dans l'ombre du directeur.

– Oh oui, Ivo ! Comme ce serait excitant ! s'écria ma mère, qui adorait prendre la pose.

– Je n'ai pas de temps à perdre, grogna Jeff Booms, on m'attend à l'hôtel. Et qui êtes-vous, d'ailleurs ?

– Un simple restaurateur de tableaux, mais j'admire votre travail. Ce serait un honneur pour moi de peindre votre portrait.

C'était les phrases les plus longues que je ne l'avais jamais entendu prononcer en public.

– Eugène est trop modeste, c'est un peintre de talent, assura Ivo Morla. Et il est profondément lié à l'histoire de notre musée. Ce serait une façon élégante de vous rendre hommage. Si vous êtes tous d'accord pour lui accorder deux heures de votre précieux temps, ajouta-t-il avec une courbette ironique à Jeff Booms, je donne mon feu vert.

– Au point où nous en sommes ! s'exclama Damien First. *Let's go, shall we?*

Guidés par Mrs Tettley, les artistes montèrent les escaliers à la queue leu leu et traversèrent les couloirs dans une joyeuse excitation. Je demeurai à l'arrière avec mon père.

– Je suis vraiment désolé que tu te sois senti à l'écart, me dit-il à mi-voix. J'aurais voulu te parler de ce voyage, mais ta mère tenait absolument à garder le secret. Tu connais son côté théâtral. Et elle préférait s'isoler avant la réception, pour peaufiner tranquillement son projet. C'est pour cela que nous avons loué un atelier à Hackney* et t'avons envoyé chez Léonie. Mais maintenant que l'ouverture de l'exposition approche, que dirais-tu de quitter les bourges guindés du centre-ville et de venir t'encanailler avec tes vieux parents dans les bas-fonds de l'East End ?

Quoi qu'ils en disent, mes parents étaient aussi des bourgeois coincés mais, malgré tous leurs défauts, j'étais heureux de les retrouver. Je souris à mon père.

– D'accord. Mais vous avez intérêt à vous rattraper ! Hors de question de visiter tous les musées de la région, moi je veux faire le London Eye et Madame Tussauds** !

– Tip top ! s'enthousiasma mon père, soulagé. Préviens ta grand-tante ce soir, prépare ton barda et nous viendrons

* Hackney est un district animé du nord-est de Londres.

** Le London Eye est une grande roue installée sur les rives de la Tamise, Madame Tussauds un musée de cire semblable au musée Grévin.

te chercher demain matin. Je te promets le meilleur Noël de ta vie !

Sur cette promesse, nous arrivâmes tous ensemble à l'atelier de restauration.

– Poussiéreux, commenta Jeff Booms en passant son doigt sur les étagères. Je n'ai pas l'habitude de travailler dans ces conditions.

– Détends-toi un peu, mon vieux, souffla Takashi Murakazi en lui tapotant l'épaule. Tu es aussi aimable que Kim Jong-un dans ses bons jours.

Eugène alluma le poste de radio et installa son matériel non loin du tableau du cottage, aussi précis et appliqué qu'un chirurgien devant la table d'opération. Il répartit avec douceur les artistes sur deux bancs, les petits devant et les grands derrière, comme pour une photo de classe. Damien First et Jeff Booms se disputèrent la place centrale. Ma mère se précipita aux côtés de Takashi Murakazi en ajustant son chapeau de paille. Jenny Maville s'assit sagement, les jambes jointes et les mains sur les genoux. Modeste, Yue Munjin se mit sur le côté avant qu'Eugène le rappelle à l'ordre. Anselm Fieker domina finalement le groupe tel un vieux sage.

Mrs Tettley nous poussa dehors. J'eus tout juste le temps d'apercevoir le sourire *ultra bright* de ma mère avant que la porte de l'atelier ne se referme sur elle. En redescendant à l'accueil avec mon père et l'intendante, j'étais loin de me douter que je ne la reverrais pas. Ni elle ni aucun autre.

# DISPARUS !

– Enfin, c'est impossible ! éclata Ivo Morla à l'instant où j'allais franchir le seuil de son bureau le lendemain matin. Sept personnes ne peuvent pas se volatiliser *comme ça* !

Je tendis l'oreille. Un grand coup frappé sur le secrétaire me fit sursauter.

– Mais puisque je te dis que Valeria n'est pas rentrée cette nuit ! sanglotait mon père derrière la porte. Il lui est arrivé quelque chose, je le sens… je le SAIS !

Mon père m'avait appelé sur mon portable une heure plus tôt, bouleversé. Le cerveau encore embrumé de sommeil, je n'avais pas bien compris ce qu'il se passait, seulement que je devais le retrouver au plus vite chez le directeur.

Toc, toc, toc.

– Ah, tu tombes bien, toi ! s'exclama Ivo Morla.

Mon père, vêtu de sa veste en laine de yack qu'il réservait pour les grands froids, bondit du fauteuil dans lequel il était prostré et me serra dans ses bras.

– Oscar, oh Oscar ! C'est terrible, ta mère a disparu !

– Comment ça ? Que s'est-il passé ? m'inquiétai-je, en remarquant ses cheveux en bataille et ses yeux cernés.

– Elle m'avait demandé de ne pas l'attendre hier soir. Elle voulait prendre un verre au Garrick Arms avec les autres après la séance de pose, alors je suis rentré directement à l'atelier. J'étais épuisé, je me suis endormi et à mon réveil ce matin… elle n'était pas là.

– C'est tout ? m'étonnai-je avec un soupir de soulagement.

Ma mère était un oiseau de nuit. Elle avait sûrement prolongé la soirée dans un club *underground* en dansant le mambo et réapparaîtrait vers midi, la bouche en cœur, pour commander un Bloody Mary et un *avocado toast* au pub du coin, inconsciente de l'angoisse qu'elle avait suscitée.

– Son téléphone est sur messagerie, continua mon père, qui faisait maintenant les cent pas. Et je les ai tous appelés, tu penses bien : Takashi, Jeff, Damien, Jenny, Yue… même Anselm ne répond pas. Le concierge de son hôtel m'a confirmé qu'il ne l'avait pas vu depuis hier après-midi. Une vieille branche comme lui ne fait plus la bringue jusqu'au petit matin !

– Ta mère a-t-elle essayé de te contacter ? coupa le directeur. Pas de coups de fil, pas de messages, rien ?

Je hochai la tête.

– Et moi qui ai appelé le *London Times* hier soir ! ajouta-t-il en se frappant le front. Heureusement que je n'ai pas envoyé la lettre. Nous serions vernis à l'heure qu'il est ! Et l'exposition qui commence dans quatre jours…

TOC ! TOC ! TOC !

Sans attendre de permission, Mrs Tettley déboula dans le bureau avec fracas, suivie de près par Eugène. Le corsage de travers, elle était en proie à une vive agitation, mais Ivo Morla lui intima le silence.

–Vous êtes la dernière personne à avoir vu les artistes, dit-il à Eugène d'une voix menaçante. Avez-vous remarqué quoi que ce soit d'anormal pendant la séance d'hier ?

– Tout s'est bien passé, répondit calmement le vieil homme, si ce n'est un accrochage entre messieurs Booms et First à propos d'une histoire de peigne que je n'ai pas bien saisie. La séance a duré trois heures. Je suis resté à l'atelier pour peaufiner ma mise en couleur et ils ont dû sortir par la Portrait Gallery, qui les rapprochait du pub où ils voulaient prendre un dernier verre. Le Fernick Legs ou quelque chose de ce genre…

– Oui, oui, le Garrick Arms, hum. Et, quand vous êtes parti à votre tour, vous n'avez rien vu qui sorte de l'ordinaire, j'imagine ?

– Rien, monsieur, assura Eugène, ou je vous aurais prévenu. J'ai emprunté la sortie du personnel et suis rentré chez moi à pied : la pleine lune était si belle.

– Bon bon, et y a-t-il quelqu'un pour attester vos dires ? insista le directeur.

–J'étais seul avec les artistes et n'ai croisé personne à cette heure-là. Dois-je m'inquiéter, monsieur ?

– Non, bien sûr, hem. Mrs Tettley, veuillez prévenir Charles de vérifier les caméras de surveillance entre minuit et une heure du matin – venez me trouver dès qu'il aura visionné les vidéos – et envoyez votre petit protégé se renseigner au Garrick Arms, ajouta Ivo Morla en me désignant de la tête.

– Moi, j'appelle Scotland Yard ! décida soudain mon père.

Le directeur lui arracha son téléphone des mains.

– Surtout pas, malheureux ! N'attirons pas l'attention de la police à un moment pareil !

Son ton se radoucit immédiatement.

– Soyons patients, mon cher Fernand, et opérons discrètement. Je suis sûr que Valeria refera surface d'ici ce soir et que cette mascarade trouvera une explication logique.

– Et la lettre ? Que fais-tu de la lettre ? s'écria mon père sous l'œil interdit d'Eugène. « Ceci est mon dernier avertissement ! » Nous aurions dû prendre ces menaces au sérieux !

– Coïncidence ! balaya négligemment Ivo Morla. Tout ira bien, tu peux me faire confiance. Les œuvres sont dans notre entrepôt souterrain, encore plus sûr qu'un coffre de la Bank of England, et nous allons vite retrouver Valeria. En attendant, rentre te reposer chez toi. Elle t'y attend peut-être déjà ! Et pas un mot à qui que ce soit, n'est-ce pas ? Je ne veux pas affoler les assureurs et le reste du personnel pour une soirée trop arrosée.

Il tapota l'épaule de mon père en le poussant fermement vers la sortie et me rendit le téléphone avec un regard appuyé. Nous quittâmes le bureau et chacun retourna à ses occupations, Mrs Tettley au pas de charge, Eugène en sifflotant, les mains dans les poches. J'accompagnai mon père à la station de métro et sa détresse, en nous séparant, me fit de la peine. Je ne savais plus que penser.

# WALLIS SIMPSON

À mon retour, Mrs Tettley m'avait indiqué le chemin jusqu'à la Portrait Gallery en me faisant mille recommandations. Cette partie du musée m'était inconnue. J'ignorais où trouver la sortie menant à Charing Cross, et j'allais m'adresser à un gardien qui somnolait sur sa chaise à l'autre bout du couloir quand un rire cristallin éclata dans la salle à ma gauche. Le gardien bondit comme un ressort avant de se rasseoir, l'air confus, et de fermer à nouveau les yeux.

– On m'avait prévenue que vous étiez débraillé, mais tout de même ! s'exclama une voix de femme distinguée, avec un fort accent américain.

La salle était vide et mon cœur se mit à battre la chamade. Et si *cela* recommençait ? Je pénétrai dans la salle et inspectai chaque tableau : Charles Saatchi, Winston Churchill, Lucian Freud, Frank Underwood, Barack Obama... tous absolument immobiles. La duchesse de Windsor... Je m'arrêtai un instant.

Assise sur un balcon de pierre, la duchesse était d'une beauté stupéfiante. Son front haut, ses yeux bleus en amande qui me fixaient sans détour et la droiture de son maintien : tout indiquait la maîtrise et la sérénité, l'assurance naturelle qu'on ne discute pas. Rien ne perturbait la parfaite symétrie de son visage. Ses cheveux bruns étaient enroulés de chaque côté de sa tête en chignons compliqués, comme deux coquillages brillants. Les commissures de ses lèvres rouges se relevaient en un sourire à peine perceptible. Le sourire moqueur de quelqu'un qui sait ce que les autres ignorent. Aucune émotion ne transparaissait sur ce visage harmonieux, si ce n'était une détermination tranquille. Soudain, le visage me fit un clin d'œil.

Un mélange de surprise et d'allégresse m'étreignit. Je n'avais pas rêvé ! Tout ceci était bien réel ! Mais alors… peut-être avais-je un don ? Un pouvoir extraordinaire qui me permettait de parler aux personnages de tableaux ?

– Vous en avez mis un temps, à venir me saluer, se plaignit la duchesse en décroisant les jambes et en déployant délicatement ses bras engourdis. Quel ennui de rester figée ainsi alors que les affaires du royaume m'attendent !

– Vous êtes Wallis ? Wallis Simpson ?

– C'est bien cela, très cher. Wallis Simpson, *the Duchess of Windsor, from the portrait by Gerald L. Brockhurst, number 10 in Vogues series* « Portrait Painters of Today ». En toute simplicité.

– Un autre tableau m'a parlé de vous, *Femme lisant n° 2* !

– Vous ne m'apprenez rien. *My dearest friend* de la National Gallery est venue me voir immédiatement après votre rencontre, l'autre soir. Elle vous a trouvé… comment était-ce ?… exquis ! Malgré votre apparence négligée.

Et son rire clair retentit à nouveau.

– Elle est venue vous voir ? Comment est-ce possible ? demandai-je, sidéré.

– Nous pouvons nous déplacer d'un tableau à l'autre et nous rendre ainsi visite lorsque le temps est long, expliqua-t-elle. Mais les décors ne doivent pas être trop éloignés, bien sûr. *Femme lisant n° 2* a marché pendant trois heures pour parvenir jusqu'à mon balcon. Elle n'est pas de la noblesse, elle n'a donc pas de voiture, et je n'ai pu l'accueillir ici qu'en toute discrétion, à la faveur de la nuit, comprenez-vous.

– Incroyable, soufflai-je.

– Eh oui, je suis incroyable ! Je lui ai offert un thé à la bergamote – étant américaine, j'apprécie peu les plaisirs de ce breuvage, mais mon sens de l'hospitalité m'y oblige – et nous avons bavardé. Elle semblait inquiète, à vrai dire…

– Inquiète ?

– Elle craignait que quelque chose ne se trame ici, mais je n'ai guère prêté l'oreille à ses jérémiades. Les affaires du royaume sont bien plus importantes que les bruits de couloir d'un musée, aussi prestigieux soit-il.

– Elle avait raison ! m'exclamai-je. Sept artistes ont disparu la nuit dernière. Les auriez-vous vus passer par ici entre minuit et une heure du matin ?

– Laissez-moi réfléchir… marmonna-t-elle en tâtant sa chevelure. À cette heure-ci, je devais me recoiffer. Ces chignons sont particulièrement difficiles à maintenir et je ne peux me permettre d'apparaître relâchée aux yeux du public. L'image de la famille royale repose sur mes épaules, voyez-vous.

Mais, oui, il se peut que j'aie aperçu un groupe emprunter la sortie de Charing Cross, au bout du couloir.

– Combien étaient-ils ? À quoi ressemblaient-ils ? la pressai-je.

– Je n'ai pas pris le temps de les compter, bien entendu, j'avais mieux à faire, mais il y avait une dame qui portait un chapeau tout à fait absurde et un Japonais à peu près aussi bien vêtu que vous.

– Ce sont eux ! Et qu'avez-vous remarqué d'autre ? insistai-je en m'approchant de la toile.

– Hormis ces fautes de goût regrettables, peu de choses. Ils semblaient exténués et marchaient lentement, c'est tout. Si je puis me permettre, je résistais bien mieux dans les soirées mondaines !

– Merci, vous m'avez beaucoup aidé ! Je dois filer maintenant.

– Déjà ? Revenez me voir, très cher, je vous préparerai un thé à la bergamote dont vous me direz des nouvelles !

La duchesse m'adressa un nouveau clin d'œil, croisa les jambes et posa son avant-bras sur sa cuisse. Quand je me retournai, elle fixait à nouveau un point droit devant elle, son petit sourire aux lèvres.

Je me précipitai vers la sortie puis remontai Charing Cross Road jusqu'au Garrick Arms. Lorsque, quelques minutes plus tard, j'interrogeai le patron du pub, réticent à laisser entrer un mineur dans son établissement, il m'affirma qu'aucun groupe de clients n'était arrivé à cette heure-là. La nuit avait été calme. Rien à signaler.

Le mystère s'épaissit encore plus quand j'entendis Charles, le responsable de la sécurité, assurer que les artistes avaient disparu des caméras de surveillance au détour d'un couloir. Avant de faire mon rapport à Mrs Tettley, j'allais avoir besoin de l'aide d'une amie.

J'attendis le moment propice pour la retrouver car je ne voulais pas qu'elle reste silencieuse comme la dernière fois. La présence du gardien l'avait peut-être empêchée de me répondre. Quand celui-ci alla réprimander un adolescent qui s'esclaffait devant le portrait de la femme nue, j'en profitai pour traverser la galerie est et m'approcher de l'escalier. Quelle ne fut pas ma surprise quand je vis que le tableau de la femme au livre n'était plus là ! À sa place trônait le cottage écossais.

# DANNY

La disparition de la femme m'inquiétait. Avait-elle découvert quelque chose ? Voulait-on la faire taire ? Mais qui réduirait au silence un personnage de tableau ? C'était absurde ! J'avais résolu d'interroger Eugène sur ce qu'il savait de cet échange surprenant, mais l'atelier était fermé et le restaurateur introuvable.

Bouleversée par les événements, Mrs Tettley s'agitait comme une poule après sa couvée, fusant d'un couloir à l'autre à la vitesse d'un Speedy Gonzales sous acide. J'eus toutes les peines du monde à l'intercepter et, évidemment, elle ne comprit pas mon obsession pour *Femme lisant n° 2*.

– Enfin, *sweetie pie*, soufflait-elle en dévalant les escaliers de service, de la buée sur ses lunettes rondes, ta *mama* chérie s'est volatilisée et toi, tu te préoccupes d'un stupide tableau que personne ne regardait !

– Pourriez-vous juste me dire pourquoi il a été remplacé ?

– Mais non, voyons ! Si tu crois que je m'intéresse aux lubies de tous les donateurs qui se mettent en tête de financer des croûtes... Ta grand-tante fait ce qu'elle veut de son argent, après tout.

– Ma grand-tante ? Qu'a-t-elle à voir là-dedans ?

– Eh bien, c'est elle qui a commandé cette restauration. Le tableau du cottage avait une certaine valeur sentimentale, l'ai-je entendue raconter à Mr Morla. Mais je ne peux pas t'en dire plus, je dois aller faire mon rapport : Charles a vérifié les caméras de surveillance et rien ! Les artistes étaient là, sur l'écran, puis ils n'y étaient plus ! Pouf ! mima-t-elle en écartant les doigts devant son visage. Tu y crois, toi ? Alors maintenant, oublie cette histoire sans importance et va plutôt réconforter ton pauvre *daddy*.

En sortant du musée, je trouvais justement quatre messages de mon père sur mon répondeur. Il avait cherché ma mère partout : à sa chapellerie préférée de Carnaby Street, d'où il était sorti avec un bonnet de bain à fleurs dont il ne savait que faire, aux fripes de Camden Market, où un commerçant en colère se plaignit d'une ardoise de 67 livres que ma mère n'avait pas réglée depuis les années 90, au Russian Roulette Club, où elle avait l'habitude de défier les clients aux fléchettes après cinq Balalaïka... Il avait même poussé jusque chez son premier amour, un gros britannique moustachu, ancien tatoueur reconverti dans la pâtisserie et qui lui avait offert de bon cœur un mini-sandwich au gouda et à la rose, garni de violettes en sucre. La bouche pleine, mon père promettait de filer à Scotland Yard dès le lendemain, quoi qu'en pense Ivo Morla. En attendant, comme il parcourait la ville en tous sens, il m'intimait de rester chez Léonie. Cela tombait bien, je devais découvrir pourquoi ma grand-tante se souciait tant du tableau du cottage.

Sur Connaught Square, un sapin étincelait derrière chaque bow-window dans l'obscurité veloutée du soir. J'avais toujours aimé observer les Parisiens par leurs fenêtres, l'hiver, à la nuit tombée, témoin invisible depuis la rue des scènes douillettes de leur quotidien.

Chez nos voisins londoniens, les trois écoliers se disputaient le privilège de percher l'ange au sommet de leur arbre pendant que leur père, ignorant leurs bruyantes chamailleries, jouait une mélodie au piano en bras de chemise, une cigarette aux lèvres. J'avais complètement oublié que Noël était dans deux jours ! Emmitouflé jusqu'au nez dans ma parka, je continuais à flâner devant les maisons en briques, hypnotisé par leurs lumières clinquantes, me demandant vaguement ce que Léonie avait prévu pour les fêtes.

À ce moment, j'aperçus le nuage bleuté d'une respiration sur le trottoir désert. Une silhouette maigre et chevelue, adossée à la grille du jardin commun, observait discrètement l'entrée du numéro 43. Avant de passer sous l'éclairage d'un réverbère, je me figeai. Était-ce possible ? Que faisait-il ici ? Je fis un détour puis me glissai derrière le mystérieux visiteur afin d'être certain de ne pas faire erreur. Il n'y avait plus de doute possible, je le reconnaissais. Le gaillard m'avait déjà semé deux fois : ce soir, je ne le laisserais pas s'en tirer à si bon compte. C'était à moi de faire preuve d'audace. Ignorant ma peur (tout de même, c'était peut-être un cambrioleur professionnel ou un dangereux psychopathe), j'approchai à pas de loup, retenant mon souffle…

– QU'EST-CE QUE TU FOUS LÀ ? hurlai-je en me jetant sur lui.

Je devais avoir l'air ridicule, cramponné au dos de l'individu comme une bernique à son rocher.

– Dégage ! Lâche-moi ! ragea le garçon en gigotant furieusement.

Il avait une vigueur prodigieuse pour sa corpulence, mais je serrai mes bras de toutes mes forces autour de son cou et encerclai sa taille de mes cuisses dans une prise digne du catcheur Hulk Hogan.

– Arrête ! Steuplait ! Arrête ! supplia-t-il de la voix que j'avais entendue lors du cocktail d'inauguration.

Nous roulâmes tous les deux sur le trottoir. À la faveur de notre chute, il tenta de s'enfuir, mais je lui agrippai la cheville et il bascula la tête la première dans le caniveau. Je grimpai sur lui à califourchon.

– Ça va pas ! T'es fou ! hoqueta-t-il. Tu vas me tuer !

– N'exagère pas. Qui es-tu ? Et qu'est-ce que tu fais là ? répétai-je, haletant.

Malgré ma colère affichée, c'était la première fois que je parvenais à mettre quelqu'un à terre. Je n'étais pas peu fier de moi.

– Je suis personne, juste un gars qui essaye de gagner un peu de tunes. Faut que j'entre chez la vieille chouette qui habite ici, finit-il par avouer, ses boucles brunes dégoulinant le long de son cou crasseux.

La stupéfaction me fit relâcher mon étreinte.

– Chez ma grand-tante ? Mais pourquoi ?

Ce fut son tour d'ouvrir des yeux ronds comme des soucoupes.

– Cette Léonie est ta grand-tante ? Hahaha, quel bol ! Je dois trouver un truc important. Tu veux pas m'ouvrir ?

– Et puis quoi encore ? m'exclamai-je. D'abord, tu voles le portefeuille d'un pauvre type dans une librairie, ensuite, tu lâches un lustre sur les invités de la National Gallery, et maintenant tu voudrais cambrioler ma maison ?

– C'est pas ta maison, alors qu'est-ce que ça change pour toi ? Je te filerai un peu de fric si tu veux.

– Combien ? demandai-je, curieux de voir jusqu'où il irait.

Toujours à terre, il se tortilla pour fouiller dans sa poche et en sortit un billet froissé de cinq livres. J'éclatai de rire.

– Je suis pas payé cher pour faire tout ça, bougonna-t-il.

– On te paye ? Qui ?

– Je sais pas. Un type. Il voulait faire peur aux branquignoles qui se sont pointés au musée. Il m'a demandé de leur passer des enveloppes et, quand je pouvais, j'en ai profité pour leur faire les poches. Le coup du lustre, j'ai improvisé, poursuivit-il, fier comme un coq. Il m'avait juste demandé de lire sa foutue lettre mais c'était marqué « avant que le ciel ne vous tombe sur la tête » ! Alors j'ai pensé que ça ajouterait un peu de *drama*… pas mal, non ?

– Il ne t'a pas dit son nom ? l'interrompis-je. Et il ressemble à quoi ?

– Il se fait appeler « le Cygne ». Un peu débile, non ? Mais je l'ai jamais vu. Il m'a toujours donné ses instructions à distance. Et puis, tu me saoules avec tes questions ! Je m'en fiche, moi, de ses histoires ! Tout ce qui m'intéresse, ce soir, c'est la clef.

– C'est ça que tu dois récupérer chez ma grand-tante ? Une clef ?

– Oui, et là, il me donnera plus de sous. Alors si tu me files un coup de main, t'auras ta part.

Je n'y croyais pas un instant, mais c'était peut-être le seul moyen d'en savoir plus sur le maître chanteur. De plus, je l'avoue, j'avais envie d'adrénaline et ce garçon semblait l'acolyte idéal.

– D'accord, je vais t'aider. Elle est où, cette clef ? Et qu'est-ce qu'elle ouvre ?

– Arrête à la fin ! Je sais pas où la trouver, faut que je cherche.

– Je-sais-pas-je-sais-pas-je-sais-pas ! singeai-je. Tu n'as que ces mots à la b…

Soudain, les phares d'une Aston Martin nous éblouirent et un crissement de pneus retentit dans le square.

– *You morons! What the fuck are you doing on the road?** s'époumona le chauffeur avant de redémarrer en trombe.

– Il a failli nous écraser, ce dingue ! hurla le garçon en se relevant péniblement.

Chez les voisins, les trois enfants s'étaient agglutinés à la fenêtre et biglaient dans notre direction.

* Pour ménager vos oreilles sensibles, chers lectrices et lecteurs, nous ne traduirons pas ces phrases.

– Tais-toi un peu, chuchotai-je après l'avoir entraîné sur le trottoir, on va se faire repérer. Comment tu t'appelles ?

– Danny.

– OK, Danny. Reste là et laisse-moi faire. Tu vas faire flipper le majordome avec ta dégaine.

Je me dirigeai vers la porte, ornée d'une magnifique couronne en branches de sapin couvertes de paillettes dorées, lissai mes vêtements du plat de la main et frappai au heurtoir.

– Aaaaahhhhh, ce cher monsieur Oscar nous fait l'honneur d'arriver à l'heure ce soir ! ironisa Albert de sa voix de fausset.

Les bras chargés de cartons jusqu'au menton, il repartit immédiatement dans le couloir, me laissant fermer. Je me retournai vers la silhouette sombre, dissimulée derrière une voiture, et levai le pouce.

Maintenant, je devais trouver une aiguille dans une botte de foin.

# L'ARMOIRE ET LA CLEF

Une dizaine de cartons débordant de décorations de Noël étaient empilés dans le couloir. Boules en verre étincelantes, angelots joufflus, cannes à sucre, pommes de pin, figurines anciennes de pères Noël et d'enfants aux joues rouges, guirlande lumineuse, étoile du berger qui miroitait pour l'instant dans son globe… rien n'avait été oublié. Dans le salon trônait un immense sapin encore nu dont la cime chatouillait les moulures du plafond. Son parfum résineux et boisé embaumait l'air. Sur le manteau de la cheminée de marbre, où crépitait une joyeuse flambée, étaient suspendues quatre grosses chaussettes en laine rouge et blanche à pompons. Sur chacun des bords fourrés était cousu un prénom : Léonie, Albert, Carl… et Oscar. Moi qui adorais ces traditions (au grand désespoir de mes parents, pour qui Noël n'était qu'une « honteuse escroquerie commerciale orchestrée par Coca Cola »), j'étais comblé. Je me sentis soudain coupable de trahir la confiance (certes relative) de ma grand-tante… quand sa voix sèche coupa ma rêverie :

– Qu'est-ce que tu fais planté là ? Laisse la place à Albert. La décoration de l'arbre est son domaine d'expertise et il déteste qu'on le dérange.

Mon sentiment de culpabilité s'évanouit aussitôt. Léonie continuait à me houspiller, ignorant totalement les événements inquiétants de la journée.

– Vous savez que ma mère a disparu la nuit dernière ? demandai-je dans une tentative illusoire de déstabilisation.

– Bien sûr, Ivo m'a immédiatement prévenue, répondit-elle d'un ton cinglant, comme si j'avais mis en doute son importance. Mais les frasques de ma nièce ne m'étonnent guère.

– Les autres artistes ont subi le même sort. On les a menacés de mort et ils se sont volatilisés ! insistai-je, la voix tremblante.

– Tu penses peut-être m'apprendre quelque chose ? fit-elle avec un claquement de langue impatient. Je n'ai pas eu besoin d'aller à cette réception ridicule pour être au courant *de tout*. Et, aussi incroyable que cela te paraisse, figure-toi que je ne suis pas restée les bras croisés. Alors oublie tes grands airs et laisse gérer les adultes.

– Ah oui, et vous avez fait quoi exactement ? m'écriai-je, décidé à ne pas me laisser impressionner. Hein ? Vous êtes allée à la police ? Vous avez lancé des recherches ? Oh non ! On ne prévient pas les autorités à la prestigieuse National Gallery ! On n'a besoin de personne à la National Gallery ! En attendant, ma mère est en danger ET TOUT CE QUI COMPTE POUR VOUS, C'EST UN TABLEAU STUPIDE QUI…

Vêtu d'un tablier à fleurs Liberty, Albert choisit cet instant pour déposer délicatement sur la table basse un plateau couvert de bonshommes en pain d'épice tout juste sortis du four. Blême, Léonie triturait la chaîne autour de son cou, tandis que je grinçais des dents de colère, les poings serrés. Encore armé de son gant de cuisine, le majordome fixa ses pieds, comme si les motifs de ses mocassins à glands le fascinaient soudain.

– Madame, osa-t-il enfin, j'aurais besoin de votre avis sur la disposition des décorations. À Noël dernier, l'harmonie générale de l'arbre était complètement déséquilibrée et cela m'a perturbé toute l'année. Voudriez-vous bien vous asseoir un instant, je vous prie ? Je vais chercher l'escabeau et nous pourrons commencer.

Albert quitta précipitamment le salon et Léonie se laissa tomber sur le sofa. Les jointures de ses doigts agrippés à sa canne étaient livides.

– File dans ta chambre, intima-t-elle sans me regarder. Les restaurations que j'engage ne regardent que moi et n'ont rien à voir avec l'affaire qui nous occupe.

– Pffff, vous allez regretter de me parler comme à un gamin !

Je tournai les talons et sortis à mon tour, m'adossant au mur du couloir pour me calmer. Ma poitrine se gonflait et se vidait comme un accordéon lorsque j'entendis Léonie s'exclamer : « Il n'en est pas question ! N'insiste pas. »

Que fabriquait ma grand-tante ? Elle traitait la situation avec une parfaite désinvolture puis faisait mine de s'y impliquer avant de parler toute seule comme une illuminée.

Par la fenêtre en demi-lune de la porte d'entrée, j'aperçus alors Danny, frigorifié, qui s'était visiblement dressé sur la pointe des pieds et m'exhortait à commencer mes recherches à grands gestes rageurs. Je devais reprendre mes esprits. Car voilà qu'on m'offrait un long moment de liberté pour explorer la maison et trouver cette fameuse clef.

Je me cachai sous l'escalier et attendis qu'Albert passe avec son escabeau pour retirer mes chaussures et me glisser à l'étage en catimini. C'était la première fois que je pénétrais dans cette partie interdite de la demeure. En haut, un petit couloir desservait une magnifique salle de bains blanc et or avec une baignoire îlot, un cabinet de toilettes (voilà que je parlais comme Albert !) et une coquette chambre avec un lit à baldaquin, éclairée par un feu de cheminée.

Je commençai par la chambre, à peu près sûr que Léonie ne garderait pas un objet précieux dans ses toilettes ni à côté de sa crème de jour. Mes pieds s'enfoncèrent agréablement dans l'épaisse moquette rouge carmin, et je passai d'abord la main sous le traversin de plumes sur lequel s'amoncelaient une dizaine d'oreillers moelleux. Au bout de la couche, une courtepointe à carreaux écossais faisait de drôles de bosses, mais dessous, rien que trois briques qui dégageaient une douce chaleur. Au pied du lit, une paire de charentaises assorties semblait attendre qu'on les chausse.

Il y avait, pour tout mobilier, une table de chevet avec un verre d'eau trouble (un verre à dents ? beurk !), un tableau accroché au mur représentant un fauteuil vide (étrange) et une gigantesque armoire en ébène sculpté ornée d'un lion majestueux, à côté de la cheminée semblable à celle du salon. J'ouvris le tiroir de la table pour ne découvrir qu'une édition de luxe des *Hauts de Hurlevent* (j'avais pourtant du mal à imaginer Léonie se passionner pour une histoire d'amour tourmenté) puis je soulevai les coussins avant de tirer avec une extrême prudence la porte de l'armoire. Elle grinça affreusement. Je me figeai, guettant les bruits du rez-de-chaussée, mais rien d'autre que le babillage d'Albert ne me parvenait.

À l'intérieur de l'armoire étaient rangés des corsages à dentelles, des gilets de flanelle, des pantalons en velours côtelé, de longues jupes, un vison, un manteau bordé de fourrure, une trentaine de paires de chaussettes Mazarin soigneusement roulées par ordre de couleur, des bas, une gaine, des dessous dans des pochettes que je soupesais avec gêne, quelques boîtes à chapeau, des escarpins et des chaussures à bride parfaitement alignées. Aux quatre coins du meuble étaient suspendus de petits sacs de lavande dont le parfum âpre me fit presque tousser.

Je tâtonnais le long des parois jusqu'au fond de l'armoire, y entrant à moitié, quand mes mains rencontrèrent quelque chose qui n'avait aucunement la forme d'une chaussure. Qu'est-ce que…

BONG BONG BONG ! Les coups retentirent si fort que je lâchai la cassette ouvragée que j'avais en main. Qu'était ce raffut ? Je jetai un œil par le bow-window et reconnus la silhouette surnaturelle de Carl.

– Mon bon Carl ! minauda Albert depuis la porte d'entrée. Vos étrennes vous attendent au salon.

Le chauffeur entra et il y eut quelques secondes de silence pendant lesquelles j'imaginais Albert lui remettre sa chaussette avec cérémonie.

– Mais attendez, il manque un petit quelque chose, ajouta Léonie.

Le claquement de sa canne s'approcha de l'escalier, puis j'entendis les marches craquer légèrement sous son poids. Horreur ! Elle montait dans sa chambre ! Je bondis dans l'armoire et tirai la porte sur moi sans oser la fermer tout à fait, de peur qu'un nouveau grincement ne trahisse ma présence. Je m'écrasai contre le vison pour m'accroupir bien au fond, en essayant de calmer les palpitations frénétiques de mon cœur. La porte de la chambre s'ouvrit en grand et je perçus les pas de Léonie s'enfoncer à leur tour dans la moquette.

– Où l'ai-je rangé ? marmonna-t-elle en se dirigeant vers l'armoire.

Elle apparut dans l'entrebâillement de la porte, saisit la poignée et…

– Ah ! s'exclama-t-elle soudain en levant le doigt en l'air.

Elle s'agenouilla et tira avec effort de sous son lit un grand sac Huntsman & Sons – costumes sur mesure (je savais désormais où Carl se vêtait). Sa chaîne en argent glissa de son corsage, et c'est alors que je la vis.

La clef. La clef qui se balançait doucement au bout de la chaîne.

# À L'ASSASSIN !

Lorsque Léonie quitta enfin sa chambre, je reposai au fond de l'armoire le coffret sur lequel mes doigts s'étaient contractés et m'en extirpai tant bien que mal. Tremblant encore comme une feuille, je remis en ordre les paires de chaussures à bride et les boîtes à chapeau que j'avais dérangées dans ma hâte. J'avais eu chaud. Et maintenant, comment diable allait-on récupérer cette clef? J'en étais là de mes réflexions quand... ting, ting, ting !

Je me tournai vers la fenêtre et faillis avoir ma deuxième crise cardiaque de la soirée : Danny avait escaladé la façade de la maison et s'agrippait au chambranle du bow window d'une main tout en toquant sur le carreau de l'autre. Je me précipitai pour lui ouvrir, de peur qu'il ne tombe dans le vide, et il sauta sur la moquette avec la souplesse d'un lynx.

– Pas mal, dis donc ! s'exclama-t-il d'un air appréciateur en tapotant un oreiller de plumes.

– Mais qu'est-ce que tu fiches ? Tu ne pouvais pas m'attendre ? Et si quelqu'un t'avait vu ?

– Aucun risque, j'ai attendu que Frankenstein soit parti, assura-t-il en se jetant avec effronterie sur le lit qui rebondit mollement sous son poids. Je me gelais les miches et puis, t'avais besoin d'un coup de main, non ?

Je considérais cette crapule, tiraillé entre le désir de punir ma grand-tante et la crainte de faire quelque chose d'illégal.

– Relax ! me dit-il en croisant ses bras derrière sa nuque. Y a aucun risque, je veux juste la clef.

– Léonie la porte autour du cou, expliquai-je. Il sera impossible de s'en emparer…

– Elle l'enlève bien pour dormir ?

– Je ne sais pas…

– Eh bah, c'est ce qu'on va voir cette nuit.

– On ne verra rien du tout ! m'énervai-je aussi discrètement que possible, furieux d'être ainsi mené par le bout du nez. Tu dois partir ! Ne compte plus sur moi !

– Ah ouais ? T'abandonnes à la première difficulté ? Tu veux pas savoir à quoi sert cette clef? Tu veux pas savoir ce qui est arrivé à ta mère ?

– Si, évidemment. Mais cette clef n'a peut-être rien à voir avec sa disparition… et j'ai peur que Léonie ou le majordome me surprenne, finis-je par admettre.

– T'oublies qui t'accompagne, fanfaronna Danny avec un clin d'œil. Descends et passe la soirée comme si de rien n'était.

Il se leva, défroissa la courtepointe et ferma soigneusement la fenêtre, s'assurant ainsi que tout était en ordre.

– Maintenant, c'est toi qui me laisses faire.

Je ne savais pas pourquoi (était-ce son assurance ? sa désinvolture ?), mais Danny m'inspirait confiance. Je repensai au mépris dont ma grand-tante venait de faire preuve et me retirai sans plus protester.

Après un dîner morne dans un silence quasi complet, pendant lequel Léonie aspira sa soupe les lèvres serrées sur son bol comme des tenailles, je regagnai ma chambre en attendant que quelque chose se produise. Les minutes, les quarts d'heure passèrent. Je griffonnai puis essayai de me plonger dans la dernière aventure de Lucky Luke, mais relus quinze fois la même planche sans rien y comprendre, sursautant à chaque craquement de parquet. Que se passait-il là-haut ? Où était Danny ? Quel plan avait-il échafaudé ? N'y tenant plus, je remontai l'escalier en colimaçon et me glissai dans le couloir à la dérobée. À cette heure tardive, Albert devait être parti, mais une faible lumière filtrait du salon. Depuis la porte entrouverte, j'aperçus l'immense sapin, paré de pied en cap, qui scintillait dans la pénombre, et ma grand-tante qui lisait l'édition du soir du *Times* dans son fauteuil.

– Tu te rends compte, dit-elle d'un ton enjoué que je ne lui connaissais pas, Sadiq Khan aurait une aventure avec la finaliste de *The Voice* !

J'ignorai ce qui m'étonnait le plus : que Léonie parle encore toute seule ou qu'elle s'intéresse à la vie amoureuse du maire de Londres. Elle dut croire qu'on lui avait répondu car elle ajouta :

– Tu as raison, je vais me coucher, cette journée m'a épuisée. Je vais avoir besoin de toute ma concentration demain. Je te retrouve là-haut ?

Léonie replia son journal et j'en profitai pour me cacher à nouveau derrière l'escalier menant à l'étage. Je l'entendis éteindre les braises qui rougeoyaient encore dans l'âtre avec un tisonnier, traverser le couloir appuyée sur sa canne et gravir les marches avec difficulté. Le tintement de flacons entrechoqués, le froissement d'une étoffe et l'écoulement d'un filet d'eau m'indiquèrent qu'elle faisait sa toilette. Peut-être avait-elle déposé ses bijoux sur le bord du lavabo ? Puis ses pas se dirigèrent vers la chambre. La porte se ferma et ce fut le silence.

Combien de temps mettrait-elle à s'endormir ? J'attendis anxieusement de longues minutes avant d'oser monter à mon tour. Immobile sur le palier, je dressai l'oreille. Rien. J'attendis encore, les membres raidis par la concentration. J'inspectai la salle de bains à l'aveuglette, prenant garde à ne rien renverser, quand un bruit infime me parvint de la chambre. Un glissement à peine perceptible. Je collai mon oreille contre la porte close. Et si Danny était enfermé à l'intérieur et s'apprêtait à assommer ma grand-tante en cas de résistance ? Que faire ?

Le cœur tambourinant, je posai la main sur la poignée et la tournai avec une infinie délicatesse. Le cliquetis de la clenche me pétrifia et je restai un instant figé comme une pierre, priant pour qu'il n'ait pas éveillé Léonie. Mais toujours rien. De l'autre côté, le glissement s'était interrompu. Je tirai doucement la porte à moi et ce que je distinguai alors dans l'obscurité de la chambre me glaça d'horreur.

Un profil découpé sur le mur en ombre chinoise était penché sur ma grand-tante, les mains serrées sur son cou. Mon cri resta bloqué dans ma gorge. Danny tourna la tête vers moi puis retira lentement ses mains. Le corps de Léonie était inerte… Je pris une inspiration pour hurler de toute la puissance de mes poumons quand Danny mit un doigt sur ses lèvres et contourna le lit. Je reculai, épouvanté. Il ouvrit alors sa main avec un sourire : dans sa paume éclairée par la lumière du réverbère brillait la clef.

– Tu m'as fichu une de ces frousses ! m'écriai-je une fois redescendu. J'ai cru que tu l'avais tuée !

J'avais entraîné Danny au sous-sol, après m'être servi dans le frigidaire d'un reste de cuisse de dinde farcie et de quelques bonshommes en pain d'épice pour nous remettre de nos émotions. Affalé de tout son long sur le canapé à fleurs, le garçon croquait dans la cuisse avec voracité.

– Meuh non, andouille ! rigola-t-il. La mégère avait pas enlevé son précieux collier, alors il a fallu que je le fasse moi-même.

– Mais elle va se rendre compte que la clef a disparu ! m'inquiétai-je. Et qui accusera-t-elle, à ton avis ?

– Baf. J'ai pas rattaché la chaîne. Elle la retrouvera dans ses draps demain et elle pensera que la clef est tombée.

Je n'étais guère convaincu mais le mal était fait et, après tout, Léonie n'aurait aucune preuve contre moi.

– Maintenant, il faut savoir à quoi elle sert…

– Moi, je m'en fous, coupa Danny en posant ses godillots sur l'édredon avec un sans-gêne confondant. Ma mission est terminée. Je vais la filer au Cygne et récupérer ma tune.

– Ça, c'est la meilleure ! Je t'ai fait entrer ici au péril de ma réputation et tu ne vas même pas m'aider ?

– Oh, l'autre hé ! Tu joues les héros ? Je te rappelle que t'as failli mouiller ton froc en entrant dans la chambre !

La bouche pleine de pain d'épice, j'ignorai sa boutade avec toute la dignité dont j'étais capable et continuai sur ma lancée :

– Elle ouvre forcément quelque chose à la National Gallery. Léonie est leur donatrice depuis une éternité. Ce serait logique qu'elle ait accès à certains lieux secrets comme… L'ENTREPÔT OÙ SONT CONSERVÉES LES ŒUVRES DES DISPARUS ! lançai-je soudain en me frappant le front. Il paraît qu'elles valent des millions de livres !

– T'as franchement pas le compas dans l'œil. Tu crois sérieusement qu'ils protégeraient des trucs aussi importants avec cette antiquité ? objecta Danny en agitant la clef sous mon nez et en crachouillant au passage un peu de farce sur le tapis. On dirait la clef d'un coffre-fort ancien. Peut-être que ta grand-tante garde sa fortune dans la maison ? Comme les vieux qui planquent leurs billets de banque sous leur matelas ou dans un piano à queue ?

Je réfléchis un instant à cette possibilité.

– Tu viens de me donner une idée…

La lumière du réverbère, allumé à toute heure non loin de la fenêtre du salon, jetait des ombres effrayantes sur le plancher, et la silhouette du sapin dessinait sur le mur une créature figée dans le silence. La nuit avait le pouvoir de rendre étranges et inquiétants les objets les plus familiers.

– Regarde, murmurai-je en désignant le portrait de la jeune fille blonde, au-dessus de la cheminée.

Si Léonie dissimulait quelque chose, ce ne pouvait être que là. Derrière ce tableau.

– Mouais, grommela Danny sans conviction.

Il empoigna néanmoins le fauteuil et le traîna devant l'âtre.

– Tu pourrais te déchausser quand même, remarquai-je, agacé.

– Tu me casses les pieds, à la fin, fais-le toi-même !

Je grimpai sur le fauteuil de mauvaise grâce.

– Vérifie qu'il y a pas un fil qui déclenche une alarme, conseilla-t-il d'un ton léger comme si nous choisissions un melon au marché.

J'observai minutieusement les bords du tableau et tâtonnai son cadre, le visage frôlant la toile… quand un détail m'arrêta. Tiens… Je reculai légèrement pour être sûr, mais il n'y avait aucun doute possible. La minuscule signature ressemblait curieusement à celle de la série du cottage écossais que m'avait montrée Eugène.

– Bah alors ? s'impatienta Danny.

– C'est bon, soufflai-je sans partager mon trouble.

Je décrochai le tableau à grand-peine et le posai avec

précaution sur le manteau de la cheminée pour regarder derrière. Un mur blanc tout bête. Pas de coffre-fort secret.

– Triple banane ! J'y ai presque cru ! se gaussa Danny. La fortune sera pour une prochaine fois ! En attendant, je donnerai la clef demain, je peux pas risquer de la garder plus longtemps. On a qu'à échanger nos numéros si tu veux savoir ce qu'il s'est passé.

Je n'étais même pas déçu tant j'étais perturbé par ma découverte. Léonie avait dit que ce portrait avait été peint juste avant la mort de sa fille par son plus cher ami. S'il s'agissait d'un seul et même artiste, cela expliquait que le tableau du cottage ait une si grande valeur sentimentale. Qui était cet ami, ce peintre mineur tombé dans l'oubli, comme l'avait expliqué Eugène ? Cette fois-ci, j'avais prêté attention à l'initiale, qui me trotta dans la tête longtemps après que Danny fut parti.

S.

# LES LETTRES D'AMOUR

Incapable d'aller dormir malgré la fatigue, je restai longtemps assis dans la pénombre du salon, à me creuser la cervelle. Où se trouvait ma mère ? Qui était son mystérieux maître chanteur ? Pourquoi avait-il demandé à Danny de dérober cette clef? Qu'ouvrait-elle ? Ma grand-tante était-elle impliquée dans la disparition des artistes ?

Je fermai les yeux et renversai la tête sur le fauteuil avec un râle accablé. J'étais complètement perdu. Pour la première fois, le découragement m'assaillit. Danny recevait ses instructions à distance, il pourrait donc difficilement remonter la piste de son commanditaire, et je ne devais pas compter sur Ivo Morla, qui ne servait que ses propres intérêts. Mon père avait raison : cette histoire nous dépassait, il fallait alerter Scotland Yard au plus vite. Je passai toutefois en revue les endroits auxquels la clef donnait peut-être accès : au musée d'abord (l'atelier, le bureau du directeur, un sous-sol secret ?), puis ici. Quelque chose avait échappé à mon attention… mais quoi ?

Je me laissai mollement emplir par le silence de la maison, parfois ponctué d'un craquement de charpente ou du gargouillement d'une canalisation. Un tas d'objets commencèrent à défiler dans mon esprit en une farandole absurde : le pinceau d'Eugène, la canne de Léonie, la serpillière à trois vitesses de Mrs Tettley, les mocassins à glands d'Albert, la clef ancienne... Qu'est-ce qu'on était bien, enfoncé dans ce fauteuil ! Je dodelinai de la tête, m'abandonnant enfin au sommeil, quand un parfum incongru me chatouilla les narines. Un parfum âpre d'été mais aussi, bizarrement, de chaussures à bride et de dessous de vieille dame. Je faillis tousser et me dressai sur mon séant.

Des brins de lavande odorants étaient éparpillés sur le manteau de la cheminée, comme si on venait de les y jeter. Je levai alors les yeux vers le portrait de la jeune fille blonde, éclairé par la lumière oblique du réverbère. Elle se tenait parfaitement immobile mais, à la boutonnière de sa robe, le bouquet de lavande avait disparu.

Quelque chose m'avait bel et bien échappé ! Comment n'y avais-je pas pensé plus tôt ? Je rejoignis la chambre de bonne, décidé à vérifier mon intuition dès le lendemain. Blotti jusqu'au menton sous l'édredon à fleurs, bercé par le ronronnement de la chaudière, je contemplai la nuit bleue par les soupiraux.

Dehors, il s'était mis à neiger.

Au matin, un cri de colère m'éveilla en sursaut. Léonie avait découvert le larcin ! Je rassemblai tout mon courage pour oser me montrer dans la salle à manger et affichai une décontraction trop ostentatoire pour être innocente. Mais comme à son habitude, ma grand-tante m'ignora superbement. Après un petit-déjeuner morose, le moment propice se présenta : Albert était aux prises avec le malheureux homard qui nous servirait de dîner de réveillon (tragique destin !) et Léonie avec un cheveu rebelle dans son impitoyable chignon. J'en profitai pour me précipiter à l'étage. L'armoire était ouverte et le parfum de lavande s'était répandu dans la pièce. Je farfouillai tout au fond du meuble et mes doigts rencontrèrent immédiatement ce que je cherchais. Je me saisis de l'objet. C'était bien ce qu'il m'avait semblé : une grosse serrure ancienne. « Grrr, je n'aurais jamais dû laisser Danny partir avec la clef », bisquai-je intérieurement.

Comment procéder ? Si j'attendais davantage, je risquais de me faire surprendre ; si je l'emportais, Léonie saurait que j'étais derrière ces vols et alors, adieu homard à l'armoricaine (avec un peu de chance, Carl m'apporterait une orange dans les geôles de Scotland Yard). Je trépignai de frustration quand un mouvement sur le mur détourna mon attention : éberlué, je vis la jeune fille blonde entrer avec grâce dans le tableau au fauteuil vide que j'avais remarqué la veille (il fallait décidément que je m'habitue à mon extraordinaire pouvoir !). Elle s'y installa le plus naturellement du monde et m'observa de son éternel air doux. Comment était-ce possible ? Son portrait se trouvait en bas, dans le salon !

Je bredouillai comme un benêt devant ce prodige lorsque, de ses longues mains pâles, la jeune fille mima le geste d'ouvrir le coffret. Je m'exécutai. Il n'était pas fermé ! À l'intérieur, des dizaines de lettres soigneusement pliées étaient attachées ensemble par un ruban rouge. Interloqué, je regardai la jeune fille, qui me sourit. Sans plus m'interroger, je m'emparai des lettres, flanquai la cassette au fond de l'armoire et dévalai les escaliers. Dans la cuisine, un clapotement d'eau suivi d'un glapissement aigu m'indiqua qu'Albert avait réussi à maîtriser notre pitance. De dos, coudes écartés, le majordome appuyait de toutes ses forces sur le couvercle de la casserole comme s'il allait lui sauter au visage.

– J'y vais ! À ce soir ! criai-je sans m'arrêter pour éluder ses questions.

Je jetai ma parka sur mon dos, claquai la porte et courus le long du square, dérapant sur le trottoir enneigé. Après une glissade interminable au bout de laquelle je ne dus mon salut qu'à un poteau qui me brisa l'entrejambe, j'empruntai un passage désert où donnaient les cuisines du Gavroche, un restaurant français réputé du quartier. La porte entrouverte dégageait une vapeur légère qui voltigeait dans le froid du matin, et le cuisinier en toque s'affairait déjà à ses fourneaux, halos de chaleur dorée au milieu de la rue toute blanche.

Je m'assis au bord du caniveau, là où la tiédeur des cuisines avait fait fondre la neige, dénouai le ruban avec fébrilité et étalai mes trouvailles sur mes genoux, persuadé d'avoir percé le mystère des lettres de menaces. Mais…

Quelle déconvenue ! C'étaient des lettres d'amour. De banales lettres d'amour mouchetées d'humidité qu'un amant fougueux (l'inconscient !) avait envoyées à ma grand-tante dans sa jeunesse. Je les parcourus à la hâte, mes yeux bondissant d'une missive à l'autre en quête d'une information digne d'intérêt: «*Ma tendre Léonie, je revis en rêve chaque seconde de cet après-midi…*», «*je ne puis respirer sans toi…*», «*je voudrais être plus grand, être glorieux pour pouvoir t'offrir…*», «*tu es et resteras sans comparaison avec nulle autre…*», «*sous mon pinceau, ta peau frémit…*», «*je te bois, je t'adore, je…*» Euark! J'étais partagé entre la déception, le dégoût et une irrépressible envie de rire. J'avais donc pris ces risques pour les lettres enflammées d'un siphonné! Pourquoi le portrait de sa fille m'avait-il aidé? Pourquoi diable m'avait-il indiqué ce coffret s'il ne contenait que des déclarations à l'eau de rose? Afin de prouver que je me faisais des idées sur ma grand-tante? Que je la soupçonnais pour rien?

Guère passionné par la vie sentimentale de cette bourrique, je continuais pourtant ma lecture en diagonale quand deux mots me firent tiquer: Eildon Hill. N'était-ce pas l'ancien volcan écossais dont Eugène m'avait parlé? «*Je m'en vais rejoindre notre nid d'amour d'Eildon Hill. J'espère que tu t'échapperas des tiens pour m'y retrouver. Je peindrai, nous serons libres. Enfin. Je t'attends.*» Voilà donc pourquoi le tableau du cottage avait tant de valeur pour Léonie. Elle y avait vécu une idylle secrète avec ce type, un peintre! Mais alors… je survolai le reste de la lettre et tombai sur la signature: *Swann*. C'est ce que j'appelais une information digne d'intérêt.

Cependant, le froid me rappela à la réalité: je ne sentais plus mon arrière-train et commençais à claquer des dents, à rester ainsi immobile. Je rangeai les lettres dans mes poches et me dirigeai vers la National Gallery, prenant garde aux poteaux qui se dressaient sournoisement sur mon chemin. J'avais bien sûr commandé deux parts de tarte aux noix de pécan et un sandwich saucisson-beurre salé au cuisinier français du Gavroche pour survivre à la rudesse de l'hiver.

Que voulez-vous, on ne se refait pas.

# RÉVÉLATIONS

Sur Trafalgar Square, un sapin géant de vingt-cinq mètres paré de centaines de lumières blanches concurrençait la colonne Nelson et aurait fait pâlir d'envie le pauvre Albert. En ce 24 décembre, le sosie de Michael Jackson avait décampé au profit de la chorale de Noël des Amis du croquet, qui glapissaient en chœur des *Jingle Bells* stridents, leurs maillets à la main.

À l'accueil de la National Gallery, Mr Mullard arborait un bonnet à grelots qui tintait gaiement dès qu'il tournait la page de son journal, et un chandail à tête de bonhomme de neige, une carotte en tissu à la place du nez, que n'approuverait sûrement pas Mrs Tettley. Ce relâchement avait gagné tous les collègues que je croisais jusqu'à la galerie est, chacun déclamant avec emphase son menu du soir (du plateau d'huîtres en gelée d'eau de mer au poupon de langoustine et son chou de Pontoise) et sa liste de cadeaux (des mémoires de guerre de Winston Churchill au rasoir électrique prestige, précision ultime et confort parfait). Cette effervescence bon enfant m'aurait transporté de joie en d'autres circonstances, mais personne ne semblait conscient du drame qui se jouait dans les coulisses du musée.

Devant le tableau du cottage, je trouvai Eugène qui inspectait son travail, l'air soucieux, une main enfoncée dans sa longue barbe grise.

– C'est magnifique, le complimentai-je pour le dérider.

– Merci, répondit-il de sa voix de basse. Je dois avouer que j'en suis assez content, même si je commence à distinguer quelques menus défauts…

Sourcils froncés, il s'approcha tout près de la toile pour examiner l'endroit où la déchirure avait été cousue.

– Mais il faut savoir lâcher prise le moment venu.

– Vous m'avez expliqué que ce peintre était un artiste mineur… commençai-je. Que savez-vous de lui ?

– Peu de choses, à vrai dire. J'ai effectué quelques recherches lorsqu'on m'a confié ce travail, mais les informations étaient maigres. C'était un peintre classique, qui avait un certain talent mais manquait cruellement d'audace pour son époque. Il n'a jamais obtenu la reconnaissance de ses pairs. Peut-être aurait-il dû naître cent ans plus tôt, durant un siècle qui l'aurait compris. Il a sûrement sombré dans la dépression, ajouta Eugène en passant sa paume sur l'entaille qu'on devinait encore, tel un magnétiseur. C'est en tout cas mon interprétation.

– Pensez-vous que cet endroit existe vraiment ? demandai-je en désignant le cottage. Je veux dire, qu'il s'agisse d'une vraie maison ?

– Je le pense, en effet, affirma-t-il. Tu as vu toutes les versions de ce tableau. Celle-ci a été peinte il y a environ vingt-cinq ans. C'est la plus sombre, la plus dramatique, conclut-il en tapotant le cartouche.

Je contins ma stupéfaction en lisant le nom qui y était inscrit.

« *La cachette*. Huile sur toile. 1995.
Swann Whistler. 1945- .»

– Il n'est pas mort, remarquai-je après quelques secondes de silence.

–Visiblement pas, confirma Eugène en fourrant ses grosses mains dans ses poches. Étonnant, je te l'avais dit, que le musée ait décidé d'exposer un contemporain aux côtés de tous ces grands maîtres…

– Pourquoi parlez-vous de lui au passé, alors ?

– Parce que, quand on ne peint plus, c'est pire que la mort, répondit le restaurateur avec un sourire triste.

– Il s'est arrêté après ce tableau ?

– Il semblerait que oui. En tout cas, je n'en ai pas trouvé d'autres lors de mes recherches, expliqua-t-il. Moi-même, je ne peins plus de tableaux depuis longtemps. Désormais, je ne travaille que pour les autres.

Le restaurateur soupira puis s'éloigna de sa démarche pataude sans rien ajouter.

– Eugène ! l'appelai-je, soudain inspiré. Pourriez-vous… pourriez-vous me montrer le portrait des artistes que vous avez peint l'autre soir ? J'aimerais beaucoup voir… le visage de ma mère.

– Je suis désolé, mon garçon, mais un coursier du *London Times* est venu le chercher. Le portrait est entre les mains du rédacteur en chef…

Il me serra l'épaule, comme le faisait mon père quand il ne savait plus quoi dire.

– J'espère qu'on retrouvera ta maman.

Ce geste affectueux me toucha. Qu'un homme si talentueux et d'habitude si sauvage me considère, alors que tous les adultes me regardaient de haut, me faisait un bien fou.

Je téléphonai à mon père sur le chemin du vestiaire, mais il s'apprêtait à faire sa déposition au Metropolitan Police Service et le moment semblait mal choisi : au bout du fil, j'entendis deux policiers se disputer bruyamment un Cold Brew Latte et un Iced Caramel Macchiato qu'on leur avait livrés quand un grand splash ! et une exclamation rageuse (« Vous savez combien coûte cette veste en laine de yack ?! ») écourtèrent la conversation. Mon père me demanda de rappeler plus tard et raccrocha précipitamment.

Même si l'espoir était mince, j'étais soulagé que *quelqu'un* fasse enfin *quelque chose*. Mais en attendant des résultats, je ne savais comment organiser ma journée. Mrs Tettley était introuvable. Je montais donc au bureau du directeur dans l'espoir de l'y croiser. Derrière son secrétaire, Ivo Morla parlait tout bas au téléphone. Je n'eus même pas le temps d'ouvrir la bouche.

– Elle est indisposée ! s'agaça-t-il en éloignant le combiné de son bec de tortue dès que je franchis le seuil.

Voilà qui expliquait pourquoi l'excentricité vestimentaire de Mr Mullard était restée impunie.

– Et que dois-je f…

– Oh, mais ce que tu veux ! coupa le directeur avec un geste d'impatience, sa tête se rétractant dans son faux col.

« Si tu veux savoir ce que vaut un homme, regarde donc comment il traite ses inférieurs, pas ses égaux », avait prévenu ce cher Sirius Black*. Eh bien, j'étais servi. Je sortis sans prendre la peine de fermer derrière moi et entendis Ivo Morla chuchoter à son interlocuteur :

– Les œuvres sont en sécurité. J'y veille personnellement. Si tout se passe ainsi que nous le souhaitons, on parlera de la National Gallery comme jamais auparavant. Gardez votre une prête à tout moment.

Il raccrocha avec brusquerie, son fauteuil racla le parquet et j'aperçus sa silhouette reptilienne clore prudemment la porte.

Mr Mullard était désormais plongé dans un tutoriel de *Christmas pudding* sur le compte Instagram du palais de Buckingham et personne ne s'occupait de moi. J'avais donc envoyé un texto à Danny pour lui donner rendez-vous à Long's Court, une ruelle déserte derrière le musée. Je l'attendis près d'une heure à piaffer dans le froid. J'avais déjà compté les cinquante-trois pots de géraniums alignés devant l'hôtel Radisson tout proche et préparais mentalement la diatribe

* *Harry Potter et la coupe de feu* de J. K. Rowling, éditions Gallimard Jeunesse, traduction J.-F. Ménard, 2000.

que je lancerais contre mon compagnon lorsqu'il arriva en courant, échevelé, un sourire radieux aux lèvres.

– Fais pas cette tête ! s'exclama-t-il en remarquant ma mine assassine. Ça t'arrive jamais d'être à la bourre ? En plus, j'ai une info pour toi !

– Dépêche-toi, avant que mon nez tombe par terre, bougonnai-je en frottant mon visage rougi par le gel.

– J'ai fait comme le Cygne avait dit : ce matin, j'ai laissé la clef sous le banc public à l'angle de Regent's Canal et j'ai poireauté pendant une plombe.

Je ricanai.

– J'ai cru que le gars se pointerait jamais. Et finalement, je l'ai vu approcher. Je m'étais éloigné exprès pour pas me faire repérer mais c'était franchement facile de deviner que c'était lui. Y a jamais personne à Little Venice si tôt le matin...

– Little Venice ? répétai-je.

Pourquoi le nom de ce quartier sonnait-il familièrement à mon oreille ?

– Ouais, je « bosse » dans ce coin, si tu vois ce que je veux dire. C'est plein de bourges. Et c'est là qu'il m'avait laissé ses instructions la première fois. Vu sa touche, il crèche peut-être dans une péniche pourrie...

– À quoi ressemblait-il ? le pressai-je, contenant mon impatience avec toutes les peines du monde.

– Offf, c'était pas le genre James Bond, ironisa Danny. Un vieux. Un vieux avec de larges épaules, une tignasse hirsute et une longue barbe grise.

# UNE AIDE INATTENDUE

– Je n'arrive pas à y croire ! m'exclamai-je. Eugène ! Je lui faisais pourtant confiance ! Pas plus tard que ce matin, il disait espérer qu'on retrouve ma mère, cette raclure ! Comment s'y est-il pris ? Et voilà qu'il a la clef, maintenant !

– C'est là où tu me sous-estimes, objecta Danny d'un air sournois. Il a une clef, ouais, mais je t'ai pas dit *laquelle.*

Et il extirpa de sa poche la grosse clef ancienne. Je la fixai, déconcerté.

– C'est celle de la cave de mon voisin que j'ai laissée sous le banc, expliqua-t-il en riant. Ce tocard met du métal à fond à deux heures du mat' et empêche ma mère de dormir. Il aura plus accès à sa précieuse collection de vinyles pendant un bail, c'est moi qui te le dis.

– Mais Eugène verra bien qu'il n'a pas récupéré la bonne clef !

– Pas grave. Il me prendra pour un idiot, c'est tout. Ça nous laissera un peu de temps pour découvrir ce qu'elle ouvre.

– Et comment va-t-on s'y prendre, Sherlock ?

– On va le pister, répondit simplement Danny.

Et nous courûmes ensemble jusqu'au musée.

Après avoir fait passer Danny pour un cousin de Melun en visite pour les fêtes (ce qui l'avait empli d'un tel ravissement qu'il s'était lancé dans des « Bonjuwwww, enchantayyy ! » que n'importe quel imbécile aurait percés à jour), nous traversâmes les couloirs précautionneusement, nous arrêtant à chaque coude pour écouter qui venait. Il fallait trouver Eugène, certes, mais il ne devait en aucun cas nous découvrir ensemble. Quand nous arrivâmes enfin devant l'atelier de restauration, Lucy en fermait la porte.

– Je cherche Eugène ! lançai-je sans préambule, alors que Danny était resté caché derrière un pilier.

– Tu l'as raté de quelques minutes, me dit la jeune femme.

– Où allait-il ?

– Je n'en sais rien, Eugène n'est pas très loquace. As-tu besoin de quelque chose ?

Je réfléchis à toute vitesse. Peut-être trouverions-nous un indice dans ses affaires ?

– Est-ce que je peux entrer ? demandai-je à brûle-pourpoint.

Je voyais bien que Lucy rechignait à laisser la clef de l'atelier à un délinquant juvénile de mon espèce.

– Eugène m'avait promis de me montrer le portrait de ma mère, murmurai-je en baissant les yeux, avec un à-propos qui m'étonna moi-même.

Le visage de la jeune femme s'adoucit. *Bingo*.

– Oh, d'accord, consentit-elle, un trémolo dans la voix (malgré les recommandations d'Ivo Morla, la rumeur des disparitions s'était donc ébruitée). Mais n'oublie pas de fermer derrière toi et ramène les clefs à l'accueil dès que tu as fini.

– C'est promis, merci.

Danny attendit que Lucy se soit éloignée pour me rejoindre à pas de loup dans l'atelier. En cette fin d'après-midi, la lumière déclinait déjà. Il faisait sombre, les chevalets pliés contre le mur formaient des silhouettes fantomatiques, et tous les croquis, esquisses et études d'Eugène semblaient avoir disparu. Sa palette de couleurs et ses pinceaux soigneusement nettoyés séchaient dans un lavabo. Je balayais la scène des yeux sans trop savoir ce que je cherchais. Danny fouillait les dizaines de cartons à dessins empilés dans un coin, lançant «Vulay vu cuchay avec mwa ce soar ?» à intervalle régulier, quand un BADABOUM ! retentissant fit trembler le sol. Un tableau caché derrière les cartons était brusquement tombé, brisant le coin de son cadre.

– Non mais AÏE ! glapit une voix familière.

Je n'en croyais pas mes oreilles.

– Ça ne peut plus durer ! protesta la voix encore plus fort. D'abord, on me dissimule comme une malpropre, puis on me laisse dans le noir pendant des jours, sans autre perspective que ce stupide carton à dessins, et voilà qu'on me jette à terre ! Jamais je n'ai été traitée de la sorte !

*Femme lisant n° 2* mit de l'ordre dans sa chevelure et rajusta son étoffe. Le vase à jonquilles s'était renversé dans la chute et avait taché sa robe, lui arrachant une plainte interminable.

– Que je suis heureux de vous revoir ! m'écriai-je, en me précipitant pour percher le tableau sur une table.

– Moi aussi, cher ami, moi aussi, répéta-t-elle en ramassant son livre. Je n'aurais jamais cru que votre pauvre mine débraillée me donnerait tant de joie. Et je ne parle pas du souillon qui vous accompagne ! Peut-être me serez-vous d'une certaine assistance, tous les deux.

Je me tournai vers Danny. Le pauvre était tombé à la renverse et se traînait sur les fesses vers la sortie, la tête enfoncée dans les épaules, une lueur folle dans le regard. Il pouvait donc voir la femme s'animer, lui aussi ?

– Danny… fis-je, sans pouvoir réprimer un sourire.

Mon compagnon ouvrait et fermait la bouche comme un poisson hors de l'eau.

– Danny, ne t'inquiète pas, je vais t'expliquer ! continuai-je en avançant doucement vers lui comme un dresseur face à un pur-sang affolé.

– Le ta-ta, le ta-ta, le ta-tableau bouge ! éructa-t-il, un doigt flageolant pointé sur la femme qui soufflait son impatience. Le ta-ta-ta-ta-tableau parle ! cria-t-il presque. C'est pas possible…

– Si, c'est possible. J'ai eu du mal à le croire au début, mais tu en as la preuve sous tes yeux. Ces personnages sont vivants. Ils peuvent bouger, parler, se rendre visite, se déplacer d'un tableau à l'autre… et certains d'entre nous peuvent les voir et communiquer avec eux. C'est un don. C'est magique, conclus-je.

Danny se releva maladroitement et approcha avec hésitation. Il tendit la main vers le tableau, exactement comme je l'avais fait la première fois.

– BOUH ! s'écria la femme avant d'éclater de rire.

Danny bondit tel un chat devant un grille-pain qui éjecte ses tartines. Mais je n'avais pas le temps de tout lui expliquer, nous devions avancer.

– C'est vous qui allez nous aider, intimai-je à la femme. Ma mère a disparu. Elle et six autres artistes ont été enlevés…

– Et je sais où ils sont retenus prisonniers, coupa-t-elle en dressant le nez en l'air, très fière.

J'en restai médusé. Ce fut mon tour de bafouiller :

– Et où… où… ?

– Dans le cottage d'Eildon Hill, bien sûr.

# *LA CACHETTE*

Il me fallut de longues secondes pour intégrer ce qu'elle voulait dire.

– Le tableau qui vous a remplacée ? Ma mère serait enfermée… *dans un tableau* ?

– Reprenez-vous, cher ami ! Malgré votre jeune âge, vous n'êtes quand même pas né de la dernière pluie ! Utiliser un tableau est une technique très efficace pour liquider ses ennemis en toute discrétion. Elle a fait ses preuves moult fois dans l'Histoire. Comment pensez-vous qu'a disparu le pauvre Édouard V d'Angleterre ou cette regrettée Margaret Thatcher ?

Ce qu'elle débitait n'avait décidément aucun sens.

– C'est qui, Ma-margaret Thatcher ? chuchota Danny, qui semblait avoir pris un coup sur la tête.

Légèrement inquiet pour sa santé mentale, je l'ignorai pourtant et essayai de comprendre :

– Comment s'y prend-on pour faire disparaître quelqu'un dans un tableau ?

– Parbleu, je vous pensais plus vif d'esprit ! C'est un jeu d'enfant pour tout peintre de talent. Il suffit de faire le portrait de celui dont vous voulez vous débarrasser. Le portrait aspire l'énergie de son modèle et devient plus vivant que lui. Vous n'êtes pas sans savoir que ce phénomène a été révélé au grand public par l'immense Edgar Allan Poe. N'a-t-il pas écrit « une expression vitale absolument adéquate à la vie elle-même* » à propos du *Portrait ovale* ? récita la femme avec emphase, en brandissant son livre comme une cantatrice d'opéra. Et que faites-vous d'Oscar Wilde et de son *Portrait de Dorian Gray* ? Il porte le même prénom que vous, en plus ! Mais, hélas, la fiction n'est jamais prise au sérieux.

J'affichai une moue circonspecte.

– Je constate que nous ne partageons pas les mêmes références littéraires, déplora la femme. Vous devriez vous intéresser à autre chose que *Harry Potter* ! Je ne vous en tiendrai toutefois pas rigueur.

– Trop aimable, concédai-je. Continuez, je vous prie.

– Sans savoir d'où lui vient sa torpeur, le modèle s'affaiblit de jour en jour ou, selon la virtuosité de l'artiste, d'heure en heure. Il tombe malade en quelque sorte. Lorsque la dernière touche est mise, il entre dans son tableau… et, si celui-ci est signé par son créateur, il n'en sortira plus jamais.

Mon cœur se serra.

* « Le portrait ovale » in *Nouvelles histoires extraordinaires* d'Edgar Allan Poe, éditions Gallimard, traduction Charles Baudelaire, 2008.

– Le portrait qu'Eugène a réalisé des artistes… était-ce donc pour cela ? Pour les capturer ?

– Enfin il a compris ! s'exclama la femme en tapant des mains.

– Racontez-moi ce qu'il s'est passé.

– Si vous voulez toute l'histoire… poursuivit-elle, exaltée. Je lisais *Tom Sawyer* pour la 876e fois l'autre soir et commençai à m'assoupir, je l'avoue, quand j'entendis votre mère et ses amis entrer dans l'atelier. Eugène ne parlait pas mais je reconnais entre mille sa façon de préparer ses crayons et d'aligner minutieusement ses pinceaux. Il m'a restaurée, moi aussi, il y a quelques années, et nous étions restés bons amis – il m'avait d'ailleurs confié que vos parents vous avaient expédié à Londres tout seul, pauvre *darling*… Enfin, « bons amis », c'est ce que je croyais jusqu'à ce que je moisisse ici !

– Hem hem, toussotai-je, concentrez-vous, s'il vous plaît.

– Mille pardons, je m'égare ! s'excusa la femme. Revenons à cette fameuse nuit à l'atelier. Quelque chose de capital allait se passer, je le savais ! Mais je n'y voyais goutte, alors, avec l'aide de ma bonne Maria, j'ai poussé mon cadre de toutes mes forces. Le tableau a bougé légèrement et, la joue écrasée contre le bord au détriment de toute dignité, j'ai enfin pu distinguer ce qui se tramait derrière le carton à dessins. Les artistes étaient assis sur un banc, babillant avec insouciance et…

– Venez-en au fait ! suppliai-je.

– Eugène avait posé le tableau du cottage sur son chevalet. Et il les y peignait miraculeusement. Avec passion et méticulosité, enfermant chaque détail de leur physionomie. J'étais un peu loin pour tout voir mais, vraiment, c'était un spectacle saisissant. Ses yeux sautaient sans cesse des visages à la toile et il lançait ses coups de pinceau avec une assurance, une vitesse qui me surprirent de la part d'un modeste restaurateur. Les couleurs qu'il étala ensuite étaient *tirées* des joues, des yeux, de la chevelure de ceux qui se tenaient devant lui. Trois heures plus tard, le plus âgé d'entre eux s'excusa : il était épuisé et devait rentrer à son hôtel. Les autres le suivirent, pâles comme des spectres, vidés de leur substance – ils n'ont même pas eu la curiosité de regarder leurs portraits et n'ont donc pas remarqué qu'Eugène ne les avait pas peints sur une toile vierge mais sur celle du cottage. Après leur départ, il ne restait plus que quelques détails à retoucher : une pointe de rose sur une lèvre, le contour d'un front, l'éclat d'une pupille. Ils avaient quitté l'atelier depuis une dizaine de minutes quand quelque chose d'étrange se produisit. Comme une bourrasque qui vibra dans l'air. Eugène signa la toile et s'en éloigna pour la considérer, extatique. Il avait terminé, acheva la femme simplement.

Je restai abasourdi par ce récit. Les artistes, sentant leurs dernières forces les abandonner, s'étaient donc volatilisés sur le chemin de la sortie du musée. C'était pour cela que Wallis Simpson les avait trouvés exténués lorsqu'elle les avait aperçus cette nuit-là. C'était pour cela qu'au détour du couloir, la caméra de surveillance les avait perdus…

– Et hop, l'affaire était dans le sac ! s'exclama la femme en voyant que je restais silencieux.

Elle tirait visiblement grand orgueil d'avoir démêlé ce scénario pour moi. Sa légèreté ne m'amusait plus.

–Veuillez m'excuser, très cher, je m'emporte et j'oublie de ménager votre sensibil…

– Comment les sauver ? la coupai-je.

– Une mission de sauvetage ? Voilà qui est dans mes cordes, se rengorgea-t-elle en gonflant la poitrine.

–Vous pouvez vraiment nous aider ?

– Rien de plus simple, assura-t-elle. Donnez-moi la clef du cottage.

– Comment ça, « donnez-moi la clef » ?

– Eh bien, oui, quoi, c'est bien la clef que votre benêt tient dans sa main ?

L'air complètement ahuri, Danny l'avait en effet sortie de sa poche. Il avait compris avant moi ce qu'elle ouvrait.

– Allez, dit la femme, avancez votre main et tendez-la-moi. Vous n'êtes pas sans savoir que vous pouvez pénétrer dans un tableau qui n'est pas signé, avec un peu de concentration ? Mon créateur ne devait pas être assez fier de moi pour apposer son nom…

Ignorant ma surprise, l'index sur les lèvres, elle réfléchit :

– Il y a un léger hic, cependant. Le volcan d'Eildon Hill n'est pas la porte à côté. En comptant le trajet à pied et un arrêt gastronomique de rigueur à l'auberge du Prancing Poney (je vous conseille leur jarret de jument au miel de bruyère, un délice !), je ne pourrai y être… qu'après-demain.

– Après-demain ? Mais nous ne pouvons pas attendre deux jours ! Ma mère est en danger, et nous aussi, par la même occasion ! S'il est possible d'entrer dans un tableau, ne puis-je pas aller directement dans celui du cottage ?

– Malheureusement, non. Eugène a signé le tableau. Il est fermé pour toujours, désormais. Pourtant, hum, attendez un instant…

Elle réfléchit encore durant une interminable minute, sourcils froncés, avant de s'exclamer :

– J'y suis ! Montez donc voir le révérend Robert Walker d'Édimbourg, au 3e étage ! À son grand dam, lui non plus n'a pas de signature.

Devant mon air interdit, elle ajouta :

– Enfin, vous ne connaissez pas votre géographie ? Que vous apprend-on à l'école ? Son lac est à quatre heures de route d'Eildon Hill, vous y serez plus vite que moi ! Vous avez de la chance : d'habitude, son tableau est exposé à la Scottish National Portrait Gallery, mais il nous rend une exceptionnelle visite de courtoisie cet hiver.

– Nous laissera-t-il entrer ? m'inquiétai-je. Et pourra-t-il nous guider jusqu'au cottage ?

– Certainement, mais arrangez un peu votre mise et soyez d'une politesse exemplaire : depuis que ses patins à glace sont rouillés, il est d'une humeur détestable. Dépêchez-vous, 2e étage, galerie sud !

– Merci ! Merci mille fois ! m'écriai-je en prenant Danny par la main et en l'entraînant à ma suite.

– Bon voyage, et ne m'oubliez pas, surtout ! s'égosilla la femme à travers la porte de l'atelier. Je vous inviterai volontiers, vous et votre ami, pour un *tea time* dans mon jardin ! J'ai un excellent miel de jonquille dont vous me direz des nouvelles !

Danny se laissait mener comme un automate, la clef serrée dans son poing.

– Oun beuguett seel vu play, marmonna-t-il avec une risette idiote à l'adresse d'un cuisinier dans son cadre.

Occupé à vider une oie, l'homme bedonnant lui tira la langue en guise de réponse.

Comme Lucy me l'avait demandé, je déposai la clef de l'atelier à l'accueil, où il n'y avait plus personne. Au 1er étage, les galeries étaient désertes. Le musée avait dû fermer ses portes plus tôt pour le réveillon. Je poussai mon compagnon jusqu'au 2e, priant pour ne pas croiser le gardien de nuit, et nous parvînmes enfin dans la galerie sud. Le tableau du révérend d'Édimbourg, que je reconnus à sa robe pastorale noire, se trouvait juste en face de nous.

Seulement, quelqu'un était déjà là. Et ce n'était pas Eugène.

# LE SECRET DE MRS TETTLEY

– Te voilà enfin, *sweetie pie*, dit Mrs Tettley en se tournant vers nous, un étrange sourire aux lèvres.

La surprise me cloua sur place.

– Je vous croyais malade, balbutiai-je. Le directeur avait dit… Que faites-vous ici à la nuit tombée ?

– J'avais des choses urgentes à régler… et je pourrais te retourner la question. Voilà que tu te promènes *encore* après la fermeture, avec un invité de marque en plus. Tu n'es pas un si bon garçon, *after all*…

Son ton autoritaire était tout différent de celui que je lui connaissais.

– Oscar voulait me montrer son tableau préféré, intervint Danny qui, pour une raison mystérieuse, avait retrouvé ses esprits. Il adore le style euh… Art déco.

Je fermai les yeux et poussai un soupir. Visiblement, Danny connaissait aussi bien l'art que les bonnes manières.

– Ne vous fatiguez pas, *boys*. Je sais que vous êtes à la recherche des artistes disparus. Je sais que vous avez percé le mystère du tableau du cottage. Et que la clef est en votre possession.

Danny la dissimula trop tard derrière son dos.

– Le portrait du révérend Walker est la seule porte vers Eildon Hill, continua Mrs Tettley qui avançait vers nous, ses escarpins claquant lentement sur le parquet de la galerie, mais j'ignore comment y pénétrer. Je parle à cet olibrius depuis une heure et aucune réponse ! Vous tombez donc à pic.

Je fis un pas en arrière, les doigts serrés sur le bras de Danny, prêt à prendre la fuite. Mais je n'arrivais pas à croire que la pragmatique intendante – cette petite dame inoffensive, obsédée par l'ordre et la propreté – connaissait le pouvoir des tableaux et qu'elle était mêlée à l'enlèvement de ma mère. C'était impossible !

– Vous… vous parlez aux tableaux, vous aussi ?

– *Oh, no*, je sais que cette aptitude existe, mais je ne la possède pas. La preuve ! déplora-t-elle en montrant le révérend immobile dans son cadre. Pour qu'il s'anime, tu dois être à mes côtés.

C'était donc pour cela que Danny avait pu voir la femme bouger tout à l'heure. Il ne possédait pas lui-même ce don, mais je lui en avais transmis un peu, en quelque sorte, par ma seule présence…

– Pourquoi ne m'en avez-vous jamais parlé, Mrs Tettley ? Vous m'avez laissé dans l'ignorance depuis le début !

– Tu devais découvrir tes talents seul, *dear*. Et puis, nous n'étions pas sûres que tu aies cette prédisposition. Tu semblais si perdu à ton arrivée, si peu intéressé par cet endroit, dit-elle en embrassant la galerie du regard. Alors, je t'ai observé discrètement, sans rien laisser paraître. Et quand tu es resté au musée ce soir-là, après la fermeture… nous avons su.

– « Nous » ? Qui ça, « nous » ? Vous êtes donc la complice d'Eugène ! m'exclamai-je.

– Eugène ?

Le rire de l'intendante retentit jusqu'au plafond à caissons. Il avait retrouvé un peu de sa chaleur et de sa jovialité habituelles.

– De quoi parles-tu ? s'étonna-t-elle. Pas d'Eugène ! De ta grand-tante, bien entendu.

J'avais la tête qui tournait. Que Mrs Tettley en sache plus qu'il ne paraissait était une chose, mais que ma grand-tante soit elle aussi impliquée était un choc.

– Léonie ? Qu'a-t-elle à voir dans cette histoire ?

– *Well*, c'est elle qui m'a chargée de garder un œil sur toi. C'est une amie de longue date. Nous nous sommes rencontrées il y a vingt ans, lorsqu'elle a commencé à faire d'importantes donations au musée. Malgré nos différences, nous avons immédiatement sympathisé. Elle m'accordait une confiance absolue, mais il a tout de même fallu du temps avant qu'elle me confie son secret. À l'époque, je n'avais encore jamais entendu parler d'un tel pouvoir, j'étais subjuguée. Quand tu es arrivé à l'improviste à Londres, elle t'a fait travailler ici, sous ma protection. Car elle voulait savoir si tu avais hérité de son don prodigieux.

– Son don prodigieux ? Mais alors…

En un éclair, je compris pourquoi j'entendais Léonie parler lorsqu'elle se croyait seule dans son salon. Elle n'était pas folle du tout. Elle s'adressait à sa fille, dans son tableau ! Elle lui avait demandé, à elle aussi, de me surveiller. Incroyable ! Moi qui l'avais prise pour une harpie insensible, voilà qu'elle était beaucoup plus proche de moi que je ne le pensais.

– C'est une aptitude héréditaire qui n'est pourtant pas automatiquement transmise aux descendants, expliqua Mrs Tettley. Elle peut sauter plusieurs générations, disparaître pendant des dizaines d'années. Tes parents ne l'ont probablement pas reçue, mais toi, si. Quand les artistes ont été enlevés et que ce jeune gredin a été aperçu au cocktail, ajouta-t-elle en désignant Danny, Léonie t'a même soupçonné d'avoir comploté avec lui, vu les rapports *so terrible* que tu entretenais avec ta mère.

– Quoi ?! Mais c'est insensé ! Comment a-t-elle pu croire... ?

– Lorsque tu as mené ton enquête, coupa Mrs Tettley, j'ai réalisé qu'elle avait tort, et malgré notre amitié j'ai eu des doutes sur son honnêteté : peut-être essayait-elle de détourner mon attention de la vraie coupable ? Après tout, elle détestait tes parents et s'était toujours opposée à cette exposition d'art contemporain. Elle avait soutenu quelques artistes classiques dans sa jeunesse, sans succès, et cet échec l'avait aigrie. Cela dit, je me suis trompée, moi aussi, avoua Mrs Tettley.

La cloche de Big Ben ne se serait pas abattue sur mon crâne avec plus de fracas. Je restai abasourdi par ces révélations. L'intendante était l'amie de ma grand-tante depuis vingt ans, cette cachottière savait parler aux tableaux et ne m'avait rien révélé malgré le drame que nous traversions et, par-dessus le marché, elle m'avait suspecté d'avoir enlevé ma propre mère ! Je fulminai intérieurement avant de me rappeler que je lui avais tout de même dérobé sa clef et sa précieuse correspondance.

– Quand avez-vous compris pour le cottage ? demandai-je, avide d'en savoir plus.

– C'est toi qui m'as mis la puce à l'oreille. Tu te souviens, quand tu m'as interrogée sur ce drôle de tableau qui avait remplacé *Femme lisant n° 2* ? Je t'ai rabroué sur le moment, mais je trouvais cela *very strange*, moi aussi. Pour une raison que j'ignorais, Léonie était mal à l'aise d'avoir commandé cette restauration et me posait beaucoup de questions sur le tableau. Quand les artistes se sont volatilisés, elle m'a même confié qu'il fallait qu'elle y *entre*. Il y avait un lien entre leur disparition et cet endroit, c'était certain.

Mrs Tettley semblait fière de ses déductions.

– Puis Léonie m'a téléphoné aux aurores : dans la nuit, on lui avait dérobé une clef ancienne à laquelle elle tenait comme à la prunelle de ses yeux, et elle voulait absolument que je fouille ton casier, au vestiaire du musée. Comme elle ne s'en séparait jamais, elle était persuadée que le vol avait été commis « de l'intérieur » et, sans cette clef, elle ne pourrait mener son projet à bien, poursuivit Mrs Tettley.

Les nœuds de l'intrigue se démêlaient doucement dans mon cerveau. Danny, lui, n'écoutait plus et s'était approché du tableau du révérend. *« The Reverend Robert Walker Skating on Duddingston Loch, by Sir Henry Raeburn,* circa *1790 (National Galleries of Scotland Collection) »*, l'entendis-je marmonner.

– Quand j'ai voulu interroger Eugène à l'atelier, continuait Mrs Tettley, son matériel avait disparu. J'arrivais trop tard, ce *weirdo* avait déjà pris la poudre d'escampette, comme vous dites en France.

– C'est bien beau, tout ça! lâcha soudain Danny d'une voix sonore. Mais ça nous aide pas à sauver ta mère. Si on s'intéressait plutôt *à lui*? suggéra-t-il en désignant le révérend.

Dans un silence religieux, Danny, Mrs Tettley et moi nous approchâmes du tableau, éclairé par un rayon de lune.

# L'HONORABLE RÉVÉREND ROBERT WALKER

La silhouette svelte du révérend, tout de noir vêtu et chaussé de patins hollandais à rubans roses, glissait élégamment sur les rives gelées du lac Duddingston. Son chapeau haut de forme, son justaucorps sombre et les pans de sa robe pastorale virevoltant dans la brise se détachaient nettement sur le fond brumeux du paysage, où l'on distinguait la crête enneigée d'une montagne. Son pied gauche fermement planté sur la glace, son pied droit lancé en arrière dans un entrechat de danseuse étoile, les bras croisés sur la poitrine, l'homme regardait droit devant lui, avec la sérénité de celui qui ne tombe jamais. Sur la surface du lac, les arabesques laissées par les lames de ses patins témoignaient de son adresse. Tel un photographe sportif, le peintre l'avait capturé dans le panache de son élan, et le révérend ne semblait pas disposé à abandonner la pose.

Interrompant mes pensées, Danny approcha la toile d'encore plus près et, du bout de l'index, gratouilla les côtes du révérend.

– *Jesus, what are you doing?! Are you mad?!* s'exclama Mrs Tettley qui donna une tape vigoureuse sur le bras tendu de Danny.

– On sait jamais… s'excusa-t-il en retirant prestement sa main.

Je crus que rien ne se passerait quand… ZWING ! le révérend glissa et tomba brutalement sur les fesses.

– Raaahh, j'en étais sûr ! geignit-il d'une voix nasillarde. Ça *devait* arriver, je le sentais !

Les jambes écartées, son haut-de-forme de travers et son jabot blanc par-dessus l'épaule, il frappa le sol de ses poings comme un enfant vexé. En quelques secondes, le patineur distingué s'était changé en personnage de cartoon ridicule.

Danny éclata de rire.

– Quoi donc ? Vous n'avez jamais vu quelqu'un se casser la binette, bougre d'imbécile ?! pesta le révérend en pointant mon compagnon d'un doigt accusateur.

– Désolé, mais comme vous répondiez pas, j'étais obligé de vous déconcentrer, railla Danny. C'était pas dur, d'ailleurs. Vous devriez faire plus attention à…

– Vous croyez que c'est facile de garder la pose en attendant que vous finissiez votre petite conversation, espèce de blaireau à la noix de cajou ? glapit le révérend. J'en ai des crampes effroyables dans les mollets ! Au musée d'Édimbourg, il y a beaucoup moins de visiteurs et je peux reposer mes muscles délicats à ma guise. Ici, les conditions de travail sont épouvantables ! Vivement que je retourne dans mon fief !

– Vous êtes nul en patinage, c'est tout, affirma Danny en se plantant devant le révérend. Il faut l'admettre.

– Ne l'écoutez pas, votre seigneurie ! implora Mrs Tettley, catastrophée. C'est un mal élevé, un voleur, un gredin de la pire sorte !

Mais le révérend, violet de rage, ne lui prêta aucune attention.

– Je n'ai jamais été insulté ainsi, moi, membre émérite de la *Royal Society* et président du noble club de patinage d'Édimbourg ! Vous n'avez qu'à faire mieux, jeune insolent !

– Si y a que ça pour vous satisfaire, consentit nonchalamment Danny.

Mon compagnon prit son élan et se mit à cabrioler le long de la galerie, marchant sur les mains, enchaînant saltos, roues et vrilles avec une agilité stupéfiante. Ce garçon était décidément plein de ressources.

Toujours planté sur son derrière, le révérend restait coi, bras croisés.

– Évidemment, sur la glace, ça n'a rien à voir, bouda-t-il en regardant ostensiblement ailleurs, le nez en l'air.

– Je vous mets au défi ! lança Danny avec un clin d'œil.

Je commençais à comprendre où il voulait en venir. Il utilisait la fibre compétitrice du révérend pour le convaincre de nous laisser entrer dans son tableau.

– Très bien, venez donc si vous l'osez, emplâtre à la graisse de chinchilla ! Je ne suis pas homme à me dérober ! dit-il en se remettant tant bien que mal sur ses patins et faisant signe à Danny de le rejoindre.

De sa démarche féline, Danny avança avec assurance vers le tableau. La surface s'agita de mouvements étranges, semblables à des vaguelettes, comme si une bourrasque était venue froisser l'eau du lac. Mon compagnon prit appui de ses deux mains sur le bord inférieur du cadre et plongea la tête la première. Il ne se cogna pas contre la toile comme je m'y attendais. Sous nos yeux effarés, son torse passa au travers du cadre puis il bascula en avant. Au bout de sa cheville nue, son godillot s'agita un instant sous notre nez… et disparut.

– *Goodness me!* s'écria Mrs Tettley, après deux secondes d'incrédulité. Où est-il passé ?

– Danny ! Danny ! appelai-je, paniqué.

Le révérend, lui, inspectait négligemment ses doigts, un poing sur la hanche, comme si rien d'extraordinaire ne s'était produit.

– C'est embêtant, cet ongle qui accroche, marmonna-t-il pour lui-même.

Indifférent à son problème de manucure, je scrutai chaque centimètre de la toile quand, soudain, la chevelure brune de Danny émergea du bas du tableau. Puis ses épaules, son dos… et son corps tout entier, comme s'il se relevait lentement d'une chute. C'était la chose la plus bizarre que j'aie jamais vue de ma vie. Frappé de stupeur, bouche grande ouverte, j'approchai pour mieux voir. Danny était devenu un personnage du tableau : il était composé de coups de pinceaux précis, qui reproduisaient sa physionomie avec un réalisme confondant et accompagnaient ses mouvements telle une seconde peau. On apercevait même quelques craquelures sur ses vêtements, comme s'il avait toujours fait partie de la scène. Quand il se retourna vers nous, Danny se gondola de rire :

– Hahaha, vous verriez vos tronches ! s'esclaffa-t-il en nous pointant du doigt. On dirait que vous flottez au milieu de nulle part, trop chelou !

Puis il s'ébroua et regarda autour de lui.

– Brrrrrrr, c'est quoi, ce temps pourri ? Encore pire qu'à Londres ! Je me les pèle !

– C'est ce qu'on appelle l'hiver, diable de cornichon, dit le révérend d'un ton supérieur. Mais, heureusement pour vous, j'emporte toujours une pelisse de secours, au cas où l'un des membres du club de patinage me rejoindrait à l'improviste.

Il sortit du cadre et, quelques instants plus tard, un grand manteau marron à capuchon doublé de fourrure fut jeté sur Danny. Le révérend réapparut avec, à la main, une paire de patins de bois beaucoup moins élégants que les siens.

–Voyons si vous êtes si doué ! persifla-t-il.

–J'ai besoin d'un public pour m'encourager ! se plaignit Danny en attachant ses patins à ses godillots à l'aide de lanières en cuir.

Le révérend se tourna vers nous.

– Alors, vous allez rester là longtemps, faces d'endives ?

Mrs Tettley me regarda, un peu effrayée, en se tordant les mains.

– *Ladies first*, fis-je, n'écoutant que mon courage.

Petite et dodue, l'intendante ne pouvait bondir comme Danny l'avait fait.

– *I might need a little help*, me dit-elle en agrippant le cadre.

Je lui fis la courte échelle. Arc-bouté dos au mur, je ne pus voir ce qu'elle fabriquait, mais le poids qui pesait sur mes mains s'allégea brutalement et j'entendis un hurlement aigu quand elle bascula à son tour de l'autre côté.

– *Oh dear! Dear Lord Jesus Christ!* cria Mrs Tettley lorsque je la vis apparaître dans le tableau.

Les mains plaquées sur la bouche, les yeux écarquillés derrière ses lunettes rondes, elle tournait la tête en tous sens comme une girouette.

– Bon, on ne va pas camper là, s'impatienta le révérend en lui jetant une cape sur les épaules. À votre tour !

Plein d'appréhension, je m'en fus chercher un petit canapé destiné aux visiteurs du musée, que je traînai tant bien que mal jusque sous le tableau. Je grimpai dessus, mes hanches arrivant juste au niveau du bord inférieur du cadre.

– C'est pour aujourd'hui ou pour demain ? râla le révérend.

La toile frémissait doucement et, lorsque la paume de ma main entra en contact avec sa surface, je ne pus retenir une exclamation de surprise. Ce n'était plus une surface solide. Elle était liquide comme de l'eau. Une eau fraîche, agitée de courants, qui ne mouillait pas. J'enfonçai mon avant-bras, puis l'autre main, l'autre avant-bras, et quand mon nez toucha la toile et que mon visage y pénétra, je fus aspiré et perdis l'équilibre. Je sentis confusément mes jambes valser par-dessus ma tête, comme à l'arrivée d'un toboggan à Aquaboulevard, avant d'atterrir violemment sur les fesses.

– Ouaïe !

J'avais l'impression d'avoir traversé le tumulte d'une cascade. Un froid intense me mordit aussitôt au visage. Alors que je reprenais mon souffle, étourdi par ma culbute, un air pur descendit dans ma gorge, jusque dans mes poumons, et gonfla mon corps tout entier, comme si je respirais pour la première fois. Je sentais le sol gelé sous mes doigts. Je sentais le parfum puissant des feuilles humides, de la terre détrempée et de la glace dans mes narines. Assailli par la puissance de ces sensations nouvelles, je crus un instant m'évanouir. J'ouvris les yeux, ébloui par la lumière blanche qui baignait le paysage, contrastant avec la pénombre de la galerie. Je relevai la tête et vis la montagne enneigée, les rives grises du lac gelé, la silhouette pâle des bouleaux qui bordaient le lac... et le visage du révérend penché sur moi.

– Alors, on fait moins le malin maintenant ?

# DANS LE TABLEAU

Le révérend me tendit, à moi aussi, une paire de vieux patins en bois. Je les chaussai avec difficulté par-dessus mes baskets pendant que Danny, très à l'aise, s'essayait déjà à des arabesques fantaisistes, les bras tendus au-dessus de la tête comme une ballerine. Mrs Tettley s'était emmitouflée dans sa cape, ne laissant pointer que le bout de son nez rougi par le froid, et jetait des regards inquiets autour d'elle. À cause de ses talons, elle avançait à petits pas prudents sur la glace, les jambes flageolantes.

À l'endroit où nous avions pénétré dans le tableau s'ouvrait un trou semblable à la surface de la toile. Au travers, j'apercevais la galerie plongée dans la pénombre. Quel étrange spectacle au beau milieu de ce paysage hivernal ! Le cadre était donc un passage entre notre monde et celui du révérend. Mais ce qui m'étonnait le plus, de ce côté-ci, était que mes compagnons et moi ne ressemblions pas à des personnages peints, mais à de véritables êtres de chair et d'os, exactement comme dans la vie.

– Révérend, nous vous devons une explication, commençai-je en attachant les dernières lanières de cuir à mes chevilles. Il faut que vous nous guidiez à Eildon Hill. Il y a un cottage là-bas, où sept personnes sont retenues prisonnières. Et *Femme lisant n° 2* nous a dit que vous accepteriez de…

– Comment cela, tonnerre de chien ? s'emporta le révérend. Vous pensez pouvoir m'utiliser ainsi qu'un vulgaire pion ? Eildon Hill ! Et puis quoi encore ? Je suis président du noble club de patinage d'Édimbourg, pas guide touristique pour guignols mal peignés !

– Je vous en prie, insistai-je. C'est d'une importance capitale. Ces personnes sont enfermées depuis trois jours, peut-être blessées, malades, et si nous ne les secourons pas, elles ne pourront jamais retourner dans le monde réel.

– Le monde réel ! éclata le révérend en levant les bras au ciel. Le monde réel ! Et où croyez-vous que nous soyons, ici ? À Disneyland, peut-être ? Quelle condescendance ! On ne m'aura rien épargné !

– Veuillez l'excuser, ô vénérable président, intervint Mrs Tettley en s'approchant en équilibre instable, bras et jambes écartés comme une étoile de mer. Oscar n'est qu'un enfant. La maman du cher petit fait partie des disparus et son émotion lui fait perdre le sens commun. Si vous aviez l'extrême amabilité de nous indiquer le…

– C'est des artistes, coupa Danny après avoir enchaîné nonchalamment trois boucles piquées. Des artistes célèbres dans le monde entier qui se montreront reconnaissants si vous les secourez. Imaginez un peu ! Votre portrait grandeur nature exposé en France ou aux États-Unis ? Une statue à votre effigie au Japon ou en Chine ? « Les cabrioles les plus sensationnelles de l'éblouissant Robert Walker » ! Classe, non ?

Le révérend réfléchit un instant. Puis il concéda avec un sourire narquois :

– Je vous aiderai à une condition, godichon à cervelle de souriceau : vous m'avez défié tout à l'heure, il est temps de prouver votre valeur ! Faisons la course jusqu'à la rive ouest du lac. Si vous l'emportez, je vous mènerai à Eildon Hill ; si vous échouez, vous rentrerez chez vous illico à coups de pied dans le croupion.

De la pointe de son talon, Mrs Tettley avait tracé une ligne de départ dans la glace. Danny et le révérend s'y placèrent côte à côte et se penchèrent en avant, le regard vissé sur l'horizon, figés comme des statues. Après quelques secondes de silence pendant lesquelles nous n'entendîmes que le souffle du vent cherchant la faille dans la cape de Mrs Tettley, l'intendante abaissa le bras et lança *« GO! »*

Les deux concurrents se propulsèrent comme des missiles sur leur pas de tir, jetant les bras d'un côté et de l'autre pour prendre de la vitesse. Leurs patins mordaient la glace avec une telle force que je craignis que leurs chevilles ne se brisent à chaque pas. Le révérend était étonnamment vif pour son âge mais j'étais estomaqué par l'agilité de Danny, qui n'avait évidemment jamais patiné sur de telles antiquités. Les pans de la robe du révérend battaient violemment ses cuisses, lui donnant l'air d'une chauve-souris en plein vol. Je voulus les suivre, mais une vrille involontaire suivie d'un saut de biche à l'élégance discutable me retardèrent. Mes compagnons me distancèrent sans peine et ne furent bientôt que deux points noirs sur la surface grise du lac. Loin derrière moi, Mrs Tettley, le souffle court, peinait sur ses escarpins. Je l'attendis puis me mis derrière elle et, les mains sur ses hanches, la poussai de toutes mes forces. Nous glissions lentement vers la rive ouest quand un cri d'allégresse retentit.

– *YEAAAAHHH!* J'ai gagné ! exultait Danny.

L'intendante et moi poussâmes un soupir de soulagement. J'accélérai l'allure, malgré les crampes qui me transperçaient les mollets, et distinguai une silhouette gesticulant avec fureur pendant que l'autre glissait avec souplesse autour d'elle. Des éclats de voix me parvinrent :

– Je souffrais d'un désavantage criant ! s'insurgeait le révérend. Mes patins sont rouillés ! Constatez vous-même, chère madame ! J'ai tout de suite décelé en vous l'intransigeance du juge impartial !

Il vint à notre rencontre et flanqua son pied sous le nez de Mrs Tettley qui, pour une fois, ne prit pas son parti :

– Très cher révérend, votre *fair play* vous honorera. Reconnaissez la victoire de votre adversaire et respectez votre promesse.

– Puisque vous êtes tous contre moi ! s'exclama-t-il d'un air boudeur. Allons-y… et surtout, pas un mot de tout ceci aux membres du noble club de patinage d'Édimbourg !

Nous nous déchaussâmes sur la terre ferme et le révérend rangea les patins dans une mallette en bois prévue à cet effet.

– Par ici, indiqua-t-il. Et du tonus, que diable! Un délicieux *haggis* m'attend auprès d'un bon feu de cheminée, et je ne compte pas passer ma vie en si piètre compagnie!

C'est ainsi que notre drôle de troupe se mit en route pour le volcan écossais d'Eildon Hill.

Au début de notre marche, le décor me fascina. Je ne parvenais pas à comprendre comment un tableau de quelques centimètres carrés pouvait ouvrir sur un univers d'une telle richesse, en tout point semblable au nôtre, si ce n'était l'époque. Le peintre n'avait représenté que le révérend sur son lac et, pourtant, la splendeur de la nature sauvage se déployait partout où se portait notre regard. Je passai la main sur les troncs humides et lisses des bouleaux. Tout semblait si réel: nos chaussures crissaient sur la terre gelée, le cri des oiseaux tintait à nos oreilles («Un couple de canards touffetés!» avait assuré le révérend d'un ton docte), des rafales de vent s'engouffraient entre les arbres, prêtes à nous renverser.

Lorsque nous rencontrâmes un premier promeneur, j'eus presque peur. Vêtu d'une culotte courte, d'une chemise blanche bouffante, d'une longue veste de brocart et de bas de soie rouge, il avait surgi d'un cabriolet garé au bord d'un chemin, une paire de patins à la main.

– Vous partez déjà, révérend? s'étonna-t-il. Qui sont ces extraterrestres? demanda-t-il ensuite, soupçonneux, en lorgnant le tailleur en tweed de Mrs Tettley.

– Oh, des cousins au quatrième degré du XXI^e^ siècle! Je leur fais visiter notre belle contrée, répondit le révérend avant d'ajouter à mi-voix : je serai content quand ils auront débarrassé le plancher ! Ils sont un peu olé olé, si vous voyez ce que je veux dire !

– Des touristes du monde réel, comme c'est charmant ! s'exclama l'autre, au grand agacement du révérend. Bien le bonjour, messieurs-dame !

Je me demandais intérieurement si cet énergumène et ceux que nous croisâmes ensuite étaient des personnages d'autres tableaux, en villégiature dans le nôtre, ou s'ils faisaient partie de la mise en scène, comme les canards touffetés. Cela me rappelait *The Truman Show*, un film avec Jim Carrey que j'avais vu avec mon père quand j'étais petit : un agent d'assurances vivait une existence paisible dans un joli pavillon, auprès d'une parfaite petite famille, sans savoir qu'il était le héros d'une émission de télé-réalité suivie dans le monde entier. Il finissait par découvrir que tout ce qui l'entourait n'était qu'un décor factice et que son épouse et ses enfants étaient des acteurs qui jouaient un rôle. À l'époque, cette révélation m'avait mis profondément mal à l'aise.

– Y en a encore pour longtemps ? grogna Danny après deux heures de marche dans les collines embrumées avoisinant le lac.

– Un peu moins d'une journée, répondit le révérend, qui s'était fabriqué une canne avec une branche de bouleau. Fort heureusement, la National Gallery est fermée demain et personne ne se rendra compte de mon absence. Sinon, imaginez le scandale ! Aucun personnage n'a encore été pris en flagrant délit de fuite, et je ne tiens pas à être le premier.

– Une journée ! s'exclama Mrs Tettley. Cette femme dans le tableau nous avait dit quatre heures ! Jamais je n'y arriverai avec ces maudites chaussures !

– Arrêtez un peu vos jérémiades, ordonna le révérend. Il n'y a rien de tel qu'une petite baguenaude matinale pour forger le caractère... et les jarrets !

Soufflant et geignant, nous passâmes devant le château en ruine de Craigmillar, traversâmes des champs verdoyants où paissaient des moutons Cheviot, et des villages aux noms curieux : Gilmerton, Newtongrange, Gorebridge, North Middleton, Falahill, Fountainhall, Torquhan, Galabank, Stow, Allanshaws, Langshaw, Glendearg... J'étais éreinté. Après un déjeuner frugal composé d'une soupe de haddock fumé, de pommes de terre et d'oignons dans la charmante bourgade de Darnick, le révérend accepta de mauvaise grâce de partager ses *oatcakes* (des gâteaux secs sans saveur à base de flocons d'avoine qui m'étouffèrent à moitié). Lorsqu'il proposa de faire un crochet par l'abbaye de Melrose afin de saluer son beau-frère, Mrs Tettley s'étrangla. Arguant qu'elle n'avancerait plus d'un pas dans ces conditions, elle grimpa sur les épaules de Danny (qui avait négocié ce service à deux billets de cinq livres et un *oatcake*) et nous reprîmes la route. Le pauvre s'enfonçait dans le sol marécageux pendant que l'intendante lui tirait les cheveux à droite ou à gauche pour le diriger, comme un cavalier les rênes de sa monture.

Petit à petit, le paysage changeait. La brume glaciale avait laissé place à une lande de bruyère mauve, de mousse épaisse et de fougères, plantée d'ajoncs jaunes et de genêts en fleur, où serpentaient des ruisseaux tortueux.

– Ça se réchauffe, on dirait, remarqua gaiement Mrs Tettley, en donnant une tape encourageante sur le crâne de Danny.

– C'est normal, nous avons quitté l'univers de mon tableau pour entrer dans un nouveau, expliqua le révérend sans s'arrêter. Nous ne sommes plus en hiver de l'an 1790 mais deux siècles plus tard, au printemps 1990. Une période banale et vulgaire, si vous voulez mon avis. Vous devriez vous y sentir plus à votre aise !

– Alors on peut vraiment circuler d'une œuvre à l'autre rien qu'en marchant… dis-je pour moi-même, ignorant le sarcasme de notre guide.

Je comprenais mieux comment *Femme lisant n° 2* avait rendu visite à la duchesse de Windsor pour lui relater notre rencontre. J'étais plongé dans mes réflexions, étourdi par les perspectives infinies qu'ouvrait cette découverte, quand soudain, mon cœur fit un bond. Une tache claire brillait au milieu des rochers qui ponctuaient la lande : les murs blanchis à la chaux d'un vieux cottage.

– Regardez ! m'écriai-je en le pointant du doigt.

– Pas la peine de hurler, espèce de gourdiflot, s'agaça le révérend en mettant sa main en visière. Mais oui, c'est bien là, nous voici arrivés à Eildon Hill.

# SAUVÉS ?

Nous étions enfin entrés dans *La cachette* !

Oubliant le froid, oubliant la fatigue de cette longue journée de marche, oubliant le ressentiment que je nourrissais contre ma mère depuis cinq jours, je bousculai le révérend sans prêter attention à son glapissement outré et m'élançai dans la lande en contrebas. Trébuchant sur les mottes de mousse spongieuse, m'embourbant jusqu'aux chevilles dans les tourbières, semant la panique parmi les lièvres qui folâtraient entre les buissons de piment royal, j'appelai :

– Maman ! Maman !

Mon cœur tambourinait d'angoisse. Et si nous nous étions trompés ? Les ongles enfoncés dans mes paumes, les cheveux collés sur mon front en sueur, je continuai sur ma lancée. Je dépassai à toute vitesse un étrange rectangle noir qui flottait dans l'air, dévalai les derniers mètres de la pente, enfonçai d'un coup d'épaule le portail en bois d'un jardin à l'abandon et remontai l'allée de cailloux qui menait au cottage. Je tournai en vain la poignée d'une épaisse porte en chêne, évidemment fermée : Danny avait gardé la clef. Il descendait la lande avec d'infinies précautions, Mrs Tettley toujours perchée sur ses épaules. Le révérend, quant à lui, cueillait des chardons sans se presser. Incapable de contenir mon impatience, je tambourinai à la porte.

– MAMAN ! MAMAN ! C'est moi !

Pour toute réponse, je n'obtins qu'un silence de mort. Je collai mon nez contre les carreaux crasseux d'une minuscule fenêtre et distinguai un intérieur triste : trois chaises en bois, une vieille table, un vase aux fleurs fanées, un buffet poussiéreux, un âtre rempli de cendres froides. Le cottage semblait vide. C'était impossible ! Ils étaient forcément là ! Ils DEVAIENT être là ! À bout de souffle, Danny s'accroupit pour laisser descendre l'intendante, sortit la clef de sa poche et la glissa dans la serrure. Sous mon regard éperdu, il poussa la porte, qui grinça comme si elle n'avait pas été ouverte depuis des lustres. J'entrai, une boule dans la gorge, scrutant les recoins de la pièce. Je n'osais dire à voix haute ce que je craignais intérieurement : nous nous étions bel et bien trompés. Nous avions fait ce périple pour rien. Il n'y avait personne. J'allai me retourner vers Danny, les larmes aux yeux, quand quelque chose bougea dans l'ombre. Je sursautai.

– Oscar ?

Mon cœur tomba comme une pierre au fond de ma poitrine. La silhouette fantomatique d'un homme se dressait devant moi. Il me fallut quelques secondes pour le reconnaître. Son costume auparavant impeccable était froissé, ses derbys tout sales, ses cheveux en désordre, et ses yeux cernés creusaient dans son visage pâle deux trous sans vie. Jeff Booms n'avait plus rien de l'homme charismatique que j'avais rencontré au musée.

– C'est bien toi ? continua-t-il dans un filet de voix incrédule.

Et, sans signe avant-coureur, il s'effondra sur le sol, les épaules agitées de soubresauts.

Je me penchai vers lui quand un cri me perça les tympans. Un corps se jeta brutalement sur moi, manquant me renverser.

– Oscar ! Oh, Oscaaaaarrrr ! Mon fiiiiiiiiiils !

Je serrai ma mère dans mes bras. Frêle et tremblante, elle s'accrochait à mes épaules comme une noyée. Quand elle me laissa enfin m'écarter, elle saisit mon visage entre ses mains et en embrassa chaque centimètre, les joues baignées de larmes. Elle était pieds nus et sa robe multicolore était déchirée.

– J'ai eu tellement peur de ne jamais te revoir ! Je m'en voulais tant ! Me pardonneras-tu un jou…

– Comment nous as-tu retrouvés ? fit une voix autoritaire. Et c'est qui, celui-là ? Sa bobine me dit quelque chose…

Lèvres pincées, Damien First venait d'entrer dans la pièce et scannait Danny à travers ses maxi lunettes carrées. Il était suivi par Jenny Maville, dont les cheveux filasse tombaient comme des baguettes le long de son visage austère, et par Yue Munjin, qui semblait encore plus fragile que d'habitude. Malgré leur misérable apparence, le soulagement de les avoir retrouvés était si intense que je crus me trouver mal et dus m'asseoir.

– C'est une longue histoire, soufflai-je en remontant mes chaussettes couvertes de boue. Lui, c'est Danny. C'est lui qui a fait tomber le lustre sur les invités lors de l'inauguration, mais il est de notre côté maintenant, m'empressai-je d'ajouter. Pourquoi ne m'avez-vous pas répondu tout à l'heure ?

– Nous ne t'avons pas entendu. Nous étions au chevet de…

Damien First soupira et me fit signe de le suivre, pressant l'épaule de Jeff Booms au passage. Pour avoir un tel geste envers son rival de toujours, la situation devait être critique.

À l'arrière de la maison se trouvaient deux petites chambres qui avaient dû être coquettes en leur temps. Dans l'une d'elles était allongé Anselm Fieker. Sa peau jaune tendue sur ses pommettes, les yeux clos, l'Allemand avait l'air d'une momie. Sur l'instant, je crus qu'il était mort mais vis sa maigre poitrine se soulever et s'abaisser imperceptiblement. Dans un coin, Takashi Murakazi lisait *Les hauts de Hurlevent,* enfoncé dans un fauteuil éventré. Les jambes croisées, son sac à bandoulière posé sur sa poitrine comme s'il était en visite, il m'observa en caressant sa longue barbe sans manifester la moindre surprise. Égal à lui-même.

– Anselm est tombé malade dès notre arrivée, expliqua Damien First en posant le dos de sa main sur le front du vieil homme. Ses médicaments étaient restés à l'hôtel, et avec le froid, la fatigue et la faim… Nous avons essayé d'enfoncer la porte pour nous échapper, sans succès. Nous avons bien déniché quelques vieilles conserves dans le cellier mais les provisions se sont vite épuisées.

– Fort heureusement, chers amis, voici de quoi vous sustenter ! s'exclama le révérend d'une voix joviale en tendant ses derniers *oatcakes*, son bouquet de chardons à la boutonnière.

L'ambitieux pensait sûrement à sa future statue sur Time Square.

Après quelques secondes de silence pendant lesquelles chacun engloutit son gâteau sec, Jenny Maville demanda :

– Qu'est-il arrivé ? Savez-vous comment nous nous sommes retrouvés ici ?

– Fe maudit reftaurateur a quelque fove à voir là-dedans ! s'exclama ma mère, la bouche pleine. V'en fuis fûre !

– Eugène a profité de la séance de pose pour vous peindre dans un tableau qui représentait ce cottage, confirmai-je. Par une sorte de… magie… vous avez été aspirés à l'intérieur.

– Une sorte de magie ?! s'écria Damien First. Laisse-moi rire ! Nous ne sommes pas dans un roman !

– Et pourtant… *here we are*, interrompit Takashi Murakazi en levant le nez de son livre.

L'œil larmoyant, Yue Munjin se lamenta :

– Mais pourquoi nous faire une chose pareille ?

– Par jalousie, enfin ! explosa First. Ce loser enviait notre succès, c'est évident !

– Je lui ai toujours trouvé un air louche, appuya Jeff Booms. Vous connaissez ma devise : ne jamais se fier à un mal peigné !

– En attendant, on ne peut pas nier qu'il ait… un certain talent, constata Takashi avec un gloussement.

Adossé au mur de la chambre, les mains sur les hanches, Danny rongeait son frein.

– Perdons pas plus de temps en explications, somma-t-il. Faut quitter les lieux, et vite.

– Mais comment faire ? s'inquiéta Jenny Maville. Nous ne pouvons pas abandonner Anselm !

– On le portera, dit Danny. On aura pas loin à aller. J'ai repéré un truc bizarre dehors. Je crois savoir ce que c'est, et ça devrait nous aider à rentrer chez nous.

– Je reste auprès de lui, vous pouvez partir en éclaireurs, proposa Mrs Tettley, trop contente de s'asseoir au bord du lit.

Jenny Maville sortit du cottage aussi prudemment qu'un animal traqué. Bouche bée, elle admira les montagnes autour d'elle, hésita un instant et poussa un cri de joie. Elle s'élança dans la lande avec Jeff Booms, tandis que Damien First, adossé au mur, les observait, un petit sourire aux lèvres. Yue Munjin franchit le seuil à son tour, la tête rentrée dans les épaules, clignant des yeux sous le soleil oblique. Les mains dans le dos, Takashi Murakazi fit le tour du jardin et commença à arracher les mauvaises herbes le plus naturellement du monde pendant que le révérend lui inculquait les rudiments du bouturage de fétuque.

Ma mère, elle, restait blottie contre moi. Nous marchâmes côte à côte dans les pas de Danny jusqu'au drôle de rectangle que nous avions aperçu plus tôt. On aurait dit un trou noir ouvert dans l'espace. J'étais certain que c'était l'entrée du tableau peint par Swann Whistler. Je reconnaissais le point de vue qu'il avait choisi pour peindre le cottage en contrebas, la taille et la forme du cadre, qui devait être accroché à la National Gallery, de l'autre côté. Comme le portrait du révérend, il ouvrait un passage jusqu'à la galerie nord mais, pour une raison que j'ignorais, sa surface n'était pas transparente et ne frémissait pas. Elle était sombre, lisse et immobile. Pourrions-nous la traverser ? J'approchai la main.

– Attention ! s'affola ma mère en se cachant les yeux.

Ça n'était ni froid ni chaud, mais un peu mou et imperméable, comme du chewing-gum.

– Écarte-toi ! intima Danny.

– Tu sais, je ne crois pas que…

Mais avant que je puisse l'arrêter, il prit son élan et sauta. Son épaule s'enfonça dans la toile qui rebondit aussitôt comme un trampoline. Danny fut projeté une dizaine de mètres en arrière comme un pantin désarticulé et s'écrasa sur un rocher.

– Aïe ! s'écria-t-il. Aïe, aïe, aïe ! Je crois que j'ai le bras cassé.

Je me précipitai vers lui. Son avant-bras formait un angle inquiétant et j'eus mal au cœur rien qu'à le regarder.

– Mon Dieu, qu'allons-nous faire maintenant ? se lamenta ma mère, alors que le visage de Danny se vidait de ses couleurs. Nous sommes coincés ici !

*Femme lisant n° 2* nous avait prévenus que le tableau du cottage était fermé à jamais. Nous ne pouvions plus traverser. Avec un homme malade et un blessé, sans nourriture, la situation était désespérée.

C'est alors que j'entendis un galop furieux dans le lointain. Bondissant sur les cailloux, un carrosse noir et or fonçait sur nous à toute allure, mené par un cocher en livrée.

– Ouhou ! fit une voix de femme portée par le vent.

Je plissai les paupières pour apercevoir qui nous faisait signe à travers la portière et ne pus en croire mes yeux.

# LE RETOUR DE LA DUCHESSE

Arc-bouté sur son siège, le cocher tira les brides de toutes ses forces. Les six chevaux se cabrèrent en hennissant et le carrosse pila devant nous dans un fracas de sabots si retentissant que ma mère fit un bond en arrière et trébucha sur le pauvre Danny. Essoufflé par sa cavalcade, le cocher sauta à terre, déplia un marchepied d'or et ouvrit la portière incrustée d'une couronne en diamants et saphirs avant de s'incliner profondément, la pointe de son nez frôlant presque le sol.

– Son Altesse sérénissime ! annonça-t-il avec pompe.

Sous nos yeux éberlués, une femme élégante en robe de taffetas bleu déploya ses longues jambes et glissa hors de la voiture.

– *Good lord*, vous êtes plus négligé à chacune de nos rencontres, très cher ! Je vais finir par me vexer ! s'exclama-t-elle avec un fort accent américain, en me tendant sa main cérémonieusement.

La duchesse de Windsor ! Wallis Simpson ! Sa beauté était encore plus stupéfiante maintenant qu'elle se dressait devant moi. Sourire narquois aux lèvres, elle me fixait de ses yeux en amande, ses cheveux bruns enroulés de chaque côté de son visage pâle en chignons compliqués, tels que je les avais vus sur son portrait. Je lui fis un baisemain timide.

– Comment êtes-vous arrivée jusqu'ici ? demandai-je.

– Rien de plus simple, répondit-elle en saluant ma mère et Danny d'un petit signe de tête. Quand *my dearest friend, Femme lisant n° 2*, m'a prévenue de votre escapade, j'ai su que vous auriez besoin d'une main secourable. Ni une ni deux, j'ai retouché ma coiffure, quitté mon balcon en hâte et emprunté ce modeste attelage à mon illustre nièce. Les privilèges de la royauté, que voulez-vous !

Le révérend, qui avait assisté à l'arrivée tonitruante du carrosse depuis le cottage, approchait au pas de course, soufflant et crachotant. Il écarta grand les bras, envoyant valser sa canne, et fit une courbette ridicule qu'il réitéra une dizaine de fois en s'inclinant toujours plus bas. Puis il virevolta comme un moineau autour de notre sauveuse en pépiant :

– Sublime *Duchess of Windsor, from the portrait by Gerald L. Brockhurst, number 10 in Vogues series* « Portrait Painters of Today » ! Je suis votre plus fervent admirateur ! Votre grâce, votre noblesse, votre magnanimité surpassent…

– Taratata ! coupa la duchesse. Je suis venue en toute simplicité, révérend, mais les affaires du royaume m'attendent, voyez-vous, et il faut nous presser. Puis elle ajouta en aparté : en vérité, Sa Majesté la reine d'Angleterre serait quelque peu contrariée si elle apprenait que j'ai dérobé son carrosse. Mieux vaut le ramener aux écuries de Buckingham avant qu'un domestique ne s'en aperçoive !

Et elle éclata d'un rire cristallin qui acheva de me séduire.

Les artistes nous rejoignirent à leur tour, éblouis par l'imposante voiture dont les dorures, les lanternes et les pierreries étincelaient au soleil de cette fin d'après-midi. Seul Damien First semblait indifférent à ce luxe et inspectait le carrosse d'un air critique, sourcils froncés. Lorsqu'il se présenta à la duchesse et lui expliqua la situation, celle-ci rougit violemment et battit des cils dans une parfaite incarnation de ce que ma mère appelait « le regard papillon » (et qu'elle pratiquait allègrement avec mon père lorsqu'elle avait quelque chose à se faire pardonner).

– Je comprends *very well* votre désarroi, roucoula la duchesse en posant une main compatissante sur le bras de Damien First. Nous voilà avec un estropié et un mourant, *how unfortunate* !

– Dans ces conditions, je crains fort que votre carrosse ne soit pas assez grand pour nous ramener tous à Londres, dit Damien First, ignorant le trouble de son interlocutrice.

Pendant ce temps, Jeff Booms et Mrs Tettley étaient apparus hors d'haleine, soutenant tant bien que mal Anselm Fieker, qui dodelinait de la tête, ses pieds traînant mollement à terre.

– Nous nous-nous ffff… l'allongerons sur… ffff, la banquette arrière, décréta Mrs Tettley. *Duchess*, vous pourrez vous installer à ses côtés avec miss Maville.

– Et moi alors, que vais-je faire ? Des saucisses en croûte ? couina le révérend, les mains sur les hanches. Je n'accepterai aucune autre place qu'auprès de Sa Royauté céleste !

– Eh bien, nous nous serrerons tous les quatre, soupira Mrs Tettley pour contenter tout le monde. Danny, tu prendras place à côté du cocher – tiens, j'ai vu que tu étais blessé et j'ai trouvé un linge pour ton bras. Quant à vous, ajouta-t-elle en se tournant vers Damien First, Jeff Booms, Yue Munjin, ma mère et moi… vous chevaucherez !

Faire du cheval ? Grand Dieu ! Cela ne m'était pas arrivé depuis ma tendre enfance au poney-club de Brimborion, quand je m'étais brûlé les fesses sur le dos de l'impétueux shetland Chupa-Chups.

Ma mère était loin de partager mon appréhension :

– Extra ! J'ai toujours rêvé de monter en amazone ! s'écria-t-elle en tapant dans ses mains comme une enfant. Mais, dit-elle soudain en faisant volte-face vers le cottage, vous oubliez Takeshi !

Le Japonais avait sorti une chaise longue et s'était installé confortablement dans un coin ensoleillé du jardin, humant une branche de genêt d'une main, son livre dans l'autre.

– Ne vous inquiétez pas pour moi, lança-t-il en nous adressant un petit signe. Je reste !

– Comment ça ? s'exclama ma mère, catastrophée. Tu perds la tête !

– Je me plais ici, Valeria. J'ai tout ce qu'il me faut : une terre à cultiver, un bon livre « et l'immensité pour rêver* »,

* Takashi Murakazi a visiblement lu Victor Hugo, cette citation étant tirée des *Misérables.* Quelle culture !

conclut-il en désignant le ciel. Je rentrerai quand j'en aurai envie. Peut-être demain, peut-être jamais.

– Formidable, voilà qui règle la question, trancha Damien First, peu sensible à la poésie et aux adieux déchirants.

Avec un cri théâtral, ma mère courut se jeter dans les bras de Takashi Murakazi. Ils restèrent enlacés quelques secondes pendant que Damien First tapait impatiemment du pied.

– Je promets de te rendre visite au musée, renifla ma mère, la larme à l'œil, avant de rire nerveusement de cette incongruité.

– Arrêtons les jérémiades et partons, intima Damien First en ouvrant la portière du carrosse.

– Oh, monsieur First, minauda la duchesse alors que les autres installaient à grand-peine Anselm Fieker. Admirez donc : ces panneaux de bois ont été taillés dans le navire de guerre d'Henry VIII, le Mary Rose, et dans le pommier d'Isaac Newton, n'est-ce pas *marvelous* ?

– *Marvelous indeed,* répondit le révérend, qu'on n'avait pourtant pas sonné, en se dressant sur la pointe des pieds pour capter le regard de la duchesse.

Damien First ne prit même pas la peine de répondre, claqua la porte sur les voyageurs entassés comme des sardines, et enfourcha d'un bond élastique le cheval de tête.

Aussi blanc qu'un navet, le bras en écharpe, Danny s'était hissé auprès du cocher qui n'appréciait guère la présence de ce roturier sur son royal siège (il avait levé le nez dans une imitation troublante d'Albert). Ma mère, qui avait retrouvé sa superbe avec son chapeau de paille, avait choisi une jolie jument blanche. Terrifié, Yue Munjin s'agrippait au cou de sa monture de peur qu'elle ne jaillisse comme un boulet de canon et lui susurrait «Tout doux, tout douuuuux… ». De mon côté, je n'en menais pas large et regardais Jeff Booms asticoter Damien First à l'avant («Tiens donc tes rênes correctement, il ne manquerait plus que tu te brises le coccyx et qu'on t'abandonne là ! Takashi parti, j'aurai le marché de l'art contemporain pour moi tout seul, hahaha ! »). J'eus à peine le temps de me dire que les choses redevenaient normales que le cocher fit claquer son fouet.

– Hue ! s'écria-t-il.

Et l'attelage démarra en trombe.

# À TOUTE BERZINGUE

Je faillis perdre l'équilibre quand ma monture bondit en avant. Je serrai mes cuisses autour de ses flancs à en avoir des crampes, essayant d'appliquer les conseils de mon insupportable professeur d'équitation: «Allez, fais cooooooorps avec la bête, épouuuuuuuuse son mouvement!» Malgré mes efforts, je sautais comme une crêpe dans une poêle, brinquebalant en tous sens.

Par quel prodige un tel carrosse pouvait-il se mouvoir si vite? Pour sûr, il y avait quelque magie là-dessous. Mes compagnons étaient aussi estomaqués que moi, à en croire l'expression tétanisée de Yue Munjin à mes côtés et les hurlements stridents de ma mère derrière moi. Je n'osais même pas me retourner pour voir ce qui lui arrachait ces cris, de crainte de valdinguer sur les rochers.

Tagadactagadactagadac! Derrière le roulement de tonnerre des sabots, je percevais le babillage du révérend par les fenêtres ouvertes du carrosse, comme s'il n'y avait rien de plus normal que cette virée à toute berzingue à travers la campagne.

Après quelques minutes de souffrance pour mon postérieur, un coup sec fut frappé sur le panneau latéral et, à ma grande épouvante, la voix cristalline de la duchesse commanda :

– Je vais être en retard, mon bon Wilfried ! Accélérez donc, que diable, ou nous y serons encore quand les cochons auront des ailes !

Le cocher ne répondit pas mais dut agir car j'entendis Danny pousser une exclamation de surprise avant de recevoir une pluie de minuscules grains dorés. Ils pailletèrent mes vêtements, mes cheveux et me firent éternuer violemment.

– Voilà qu'il est allergique à ma *sky dust* ! constata la duchesse en riant.

Je ne comprenais pas à quoi rimait tout ceci quand, soudain, les sabots de ma monture quittèrent le sol. Je me redressai prudemment et crus rêver : leurs crinières battues par le vent, leurs jambes moulinant élégamment dans les airs, les deux chevaux de tête *s'envolaient*. Un silence apaisant se fit quand le carrosse s'éleva à son tour. Les secousses cessèrent et je me sentis aussi léger qu'une plume, bercé par le va-et-vient des muscles puissants qui roulaient sous mes cuisses.

– *Here we go!* se réjouit la duchesse, alors que des « ooooh ! » et des « aaaah ! » émerveillés me parvenaient de la voiture. N'est-ce pas plus *comfortable* que ces horribles cahots ? Les chemins sont si mal entretenus dans ces contrées, j'en toucherai deux mots au ministre de l'Intérieur !

Le souffle coupé, je regardais le sol s'éloigner jusqu'à ce que les arbustes et les buissons d'ajoncs soient réduits à la taille de mouches. À cette altitude, des rafales glaciales ébouriffaient mes cheveux et s'engouffraient sous mon manteau. Nous traversâmes des filets de nuages qui nous gelèrent les os puis…

– Regardez ! s'écria ma mère.

Son chapeau de paille, qui s'était envolé au décollage, virevoltait autour du carrosse comme un étrange oiseau. Joueur, il nous accompagna un instant avant de disparaître dans un rayon de soleil. L'astre, justement, commençait à décliner, peignant de longues traînées roses et orangées dans le ciel.

Nous survolions un parc arboré doté d'un petit lac quand :

– Palais royal en vue ! annonça le cocher en faisant claquer son fouet.

Et, en effet, j'aperçus au loin la silhouette claire de quatre longs bâtiments rassemblés autour d'une cour carrée, auprès d'une gigantesque fontaine de marbre. Le palais de Buckingham.

L'attelage tournoya au-dessus de la cour et, lorsqu'il descendit en piqué, je fermai les yeux, redoutant l'atterrissage. Les sabots des chevaux heurtèrent brutalement le sol pavé et le carrosse rebondit dans un fracas assourdissant, manquant me désarçonner.

– *Whoopsie daisy!* s'exclama la duchesse d'un ton d'excuse. Allez hop, nous n'avons pas une minute à perdre !

Je mis quelques secondes à desserrer mon étreinte et me laissai tomber. Une fois au sol, mes jambes se mirent à flageoler comme des tagliatelles trop cuites. Je crus que Yue Munjin allait offrir sa chemise au cocher, tant il était heureux d'être enfin sur la terre ferme. Damien First et Jeff Booms ne laissèrent rien paraître de l'effroi qui les avait étreints pendant notre périple et commencèrent à se chicaner :

– Tu es tout vert, mon vieux ! Ça va ?

– Évidemment ! Qu'est-ce que tu crois ? C'est toi qui devrais te passer un coup de peigne, tu fais peur à voir !

Ma mère glissa du dos de sa jument et déposa un baiser sur ses naseaux fumants. Mrs Tettley, Jenny Maville et le pauvre Anselm Fieker s'extirpèrent péniblement du carrosse pendant que Danny, qui avait repris du poil de la bête, débattait des conditions de travail de la domesticité avec le cocher et que le révérend récupérait avec empressement la pelisse et la cape qu'il nous avait prêtées.

Nous n'eûmes pas le temps d'admirer les jardins du palais plongés dans la pénombre : la duchesse envoya aussitôt son cocher aux écuries et nous poussa tous vers le grand balcon de pierre qui surplombait le domaine. En haut des marches, je reconnus le décor dans lequel son portrait avait été peint. Exactement comme sur le lac Duddingston où patinait le révérend s'ouvrait un trou rectangulaire, semblable à la surface de la toile. Ce trou qui avait l'air de flotter dans l'espace formait un passage vers la National Portrait Gallery.

Au travers, je distinguai la salle du musée baignée de lumière. Et deux hommes. Deux hommes qui nous observaient, éberlués.

Mrs Tettley et moi nous écriâmes en même temps :

– Monsieur le directeur !

– Papa !

Ivo Morla, dans son éternel costume trois-pièces malgré l'heure tardive, et mon père, les yeux cernés, une barbe de trois jours lui mangeant les joues, s'étaient approchés du cadre.

– Juste ciel ! Oscar ? Valeria ?? s'époumona mon père en portant la main à sa poitrine. Je dois halluciner !

– Mon chériiiiiii ! exulta ma mère en se précipitant vers l'ouverture.

– Nos chemins se séparent ici, *dear friend*, me dit la duchesse, pendant que les artistes s'agglutinaient autour de l'ouverture du tableau, essayant de comprendre comment passer au travers. Ce fut un privilège de vous porter secours. Vous pouvez rentrer chez vous maintenant. (Elle désigna le passage d'un geste élégant de la main et s'installa sur son balcon.) Vous savez comment vous y prendre, me semble-t-il.

– Merci, Wallis, murmurai-je, ému, je n'oublierai jamais ce que vous avez fait pour nous.

– Si vous voulez me remercier, continua-t-elle en rosissant, dites bien à monsieur First de venir m'admirer de temps en temps. Je… je ne bougerai pas d'ici.

– C'est promis !

Cependant, le révérend avait tenté de s'installer discrètement à ses côtés, levant haut le menton et prenant une pose digne, mais la duchesse lui donna un petit coup de hanche qui le fit tomber de son promontoire.

– *Please do not push the boundaries, reverend.* Mais vous êtes le bienvenu pour un thé à la bergamote *anytime*.

Puis elle croisa les jambes, posa son avant-bras sur sa cuisse et fixa un point devant elle, prête à redevenir le personnage du tableau.

# SCOTLAND YARD

Le retour à la National Portrait Gallery ne se fit pas sans heurts. Jeff Booms et Damien First voulaient absolument passer avant tout le monde mais ignoraient comment s'y prendre.

– Il suffit de basculer au travers, expliquai-je en effleurant la surface frémissante de la toile, alors que les deux artistes se poussaient du coude pour rester premier dans la file. Comme le miroir d'*Alice au pays des merveilles* ou le mur de la voie 9 ¾, ajoutai-je, pas sûr que mes références fassent mouche.

– Ouch ! Mais ça brûle ! s'exclama Damien First, qui avait avancé sa main et la retira aussi vivement que s'il s'était ébouillanté.

N'écoutant que son courage, Jeff Booms fit un pas en arrière et se tourna vers ma mère :

– Honneur aux dames, Valeria !

– Bande de poules mouillées ! railla-t-elle. Je ne plonge peut-être pas des cadavres de vaches dans du formaldéhyde, mais je ne recule pas devant le risque, MOI !

Fier qu'elle tienne tête à ces mauviettes, je lui fis la courte échelle, un petit sourire aux lèvres, et alors qu'elle s'enfonçait dans l'ouverture, je l'entendis glousser :

– Ouhouhou, hahahahaha, ça chatouuuuuille !

Chacun avait peut-être des sensations différentes en s'immergeant dans les tableaux, pensai-je, étonné.

– Chaud devant, j'arrive ! annonça ma mère en s'appuyant sur les bords du cadre.

Elle donna une impulsion énergique et... BADABOUM !

Quand je me retournais pour regarder, mes parents étaient étendus sur le sol du musée. Ma mère avait sauté droit dans les bras de mon père et l'avait culbuté avec la délicatesse d'un rhinocéros. Étroitement enlacés, ils riaient tout leur saoul sous l'œil désapprobateur d'Ivo Morla, qui s'était écarté juste à temps.

– Un peu de sérieux, s'agaça-t-il. La situation est grave !

Faire passer Anselm Fieker s'avéra une autre paire de manches. Nous ne fûmes pas trop de quatre pour le hisser jusqu'à l'ouverture, le soutenant de la tête aux pieds comme une rock star propulsée au-dessus de la foule. Le pauvre homme poussa une faible exclamation lorsque sa tête entra en contact avec la toile puis fut lentement tiré de l'autre côté. Ivo et mon père l'allongèrent sur le canapé des visiteurs pendant que ma mère composait un numéro sur le téléphone de service : « *Emergency call!* clama-t-elle. *We have a sick man here, it is very urgent! Please come asap to...* »

Jenny Maville refusa poliment mon aide. Elle parvint à monter seule jusqu'à l'ouverture, l'air concentré, et la traversa le plus simplement du monde, comme si elle avait fait ça toute sa vie. Son sang-froid forçait le respect. Une fois passée, elle épousseta son pull informe et se recoiffa avec dignité avant de s'asseoir au chevet d'Anselm Fieker. Mrs Tettley la suivit avec force *« oh my gosh! »* et *« dear Lord Jesus! »*. Damien First et Jeff Booms étaient restés à l'écart pour voir comment s'en sortaient leurs compagnons. Estimant tout danger écarté, ils prirent leur élan en même temps et se cognèrent la tête l'une contre l'autre dans un poc! qui sonna creux. J'avais l'impression d'assister à un mauvais remake de la scène d'hôtel de *La grande vadrouille*. Ce furent ensuite des politesses sans fin:

– Vas-y, je t'en prie!

– Non, il n'en sera rien, après toi!

– Dépêchez-vous, intervint la duchesse en pianotant impatiemment sur la rambarde du balcon.

Après moult simagrées, les deux artistes trouvèrent un terrain d'entente. Jeff Booms glissa tel une anguille en premier puis Damien First resta coincé dans l'ouverture et dut tortiller du postérieur avec l'élégance d'un veau marin, au plus grand bonheur de la duchesse, avant de s'écraser de l'autre côté comme une poire trop mûre. Un morceau de sa chemise resta accroché dans le coin du cadre.

Danny parvint lui aussi à se hisser malgré son bras cassé et, comme Yue Munjin insistait pour passer en dernier, ce fut mon tour. La texture de la toile était fraîche, mais plus consistante que la première fois, et quand je me jetai en avant, j'eus l'impression désagréable de traverser un *jelly cake*. J'eus à peine le temps de me laisser tomber le long du mur de la salle d'exposition que mon père me saisit dans ses bras et m'étreignit à m'en briser les côtes.

– Oscar ! Mon petit ! Mon fiston ! J'ai eu *si peur* de vous avoir perdu tous les deux !

Je le repoussai doucement pour me relever et regarder le tableau : la duchesse était assise sur son balcon, le révérend inspectait sa manucure, indifférent à nos déboires, et Yue Munjin tremblait comme une feuille.

– Je ne peux pas ! Je n'y arrive pas ! balbutia-t-il.

– Je vous ai dit de vous dépêcher, répéta la duchesse, ou il sera trop tard...

Je m'emparai de la chaise du gardien, grimpai dessus et voulus lui tendre les bras à travers la toile pour l'aider à monter, mais mes mains s'y enfoncèrent avec difficulté. L'intérieur était devenu si dense et collant que j'eus peur d'être aspiré comme dans des sables mouvants. Que se passait-il ?

– Eh bien, oui, à quoi vous attendiez-vous ? Le tableau se referme ! commenta la duchesse.

– Comment ça, il se referme ? m'affolai-je en reculant.

– Mon portrait est capricieux, voyez-vous. Il a les défauts de son créateur ! Il en va ainsi pour beaucoup de passages : certains restent ouverts une heure, une journée, d'autres encore ne s'ouvrent qu'une fois par an à une date précise. La surface va se durcir et vous ne pourrez bientôt plus la franchir, dans un sens comme dans l'autre. Un jour, l'un de mes nombreux admirateurs est resté coincé, sa tête et son torse d'un côté, son derrière et ses guiboles de l'autre. Quel ridic...

– Et vous ne pouviez pas nous le dire plus tôt ?! m'exclamai-je. Je vous en prie, monsieur Munjin, faites vite !

Mais l'artiste me regardait fixement en se tordant les mains d'angoisse. Je vis alors le révérend s'approcher derrière lui à pas silencieux, sa canne à la main. Il la brandit avec la concentration d'un champion de golf, la langue pointée sur le côté, et BING ! frappa les fesses de Yue Munjin de toutes ses forces. L'homme poussa un cri de douleur et se jeta sans réfléchir à travers l'ouverture. Je le saisis par les pans de sa veste et, pendant quelques secondes, son corps resta englué tel une mouche sur du papier collant.

– Au secours, libérez-moi ! hurlait Yue en s'agitant vainement.

Ivo Morla, ma mère et moi tirâmes sur ses bras comme sur un tire-bouchon. Il y eut un étrange bruit de succion et il bascula enfin sur le sol de la galerie. Nous étions sains et saufs ! Après tant de péripéties, j'avais du mal à y croire. Je palpais à nouveau la surface du tableau, elle était devenue dure et froide : le portrait de la duchesse s'était refermé.

Nous eûmes à peine le temps de nous remettre de nos émotions que des pas lourds résonnèrent dans le couloir. Une voix tonna :

– Alors, queskispass ici ?

Un gros policier moustachu en uniforme noir, casquette noire à damier blanc vissée sur le crâne, matraque à la ceinture, nous scruta les uns après les autres. Il empoigna son talkie-walkie et brama : « *Christmas pudding*, ici poussin bleu ! Nous les avons retrouvés. Je répète : nous les avons retrouvés.

Notre position : couloir arrière de la National Portrait Gallery. À vous, *Christmas pudding.*» La radio crachota un instant puis j'entendis son collègue répondre d'une voix lasse : « Poussin bleu, ici *Christmas pudding*. Nous envoyons des renforts. *Over.* »

Quand la brigade d'intervention de Scotland Yard arriva, les artistes prétextèrent une nuit très arrosée et une perte de mémoire collective. Soucieux de sa réputation, Ivo Morla affirma qu'il les avait ramenés ici avant de leur procurer les premiers soins. Moustache frémissante, le *chief inspector* scruta notre troupe.

– *That remains to be proven.*

Les artistes partirent sous bonne escorte, emmitouflés dans des couvertures de survie, Danny dans un fauteuil roulant et Anselm Fieker sur un brancard, pour être examinés et interrogés. L'inspecteur demanda à mon père, qui avait signalé les disparitions, de les suivre, mais je ne fus pas autorisé à en faire autant.

Ivo Morla et Mrs Tettley raccompagnèrent la brigade à la sortie.

– Mille mercis, et toutes nos excuses pour le dérangement. Tenez-nous au courant des suites de cette affaire et… je compte sur vous pour souligner auprès de votre supérieur mon rôle déterminant dans ce sauvetage, murmura le directeur d'une voix suave, son sourire reptilien aux lèvres.

Le groupe s'éloigna en silence sur un Trafalgar Square désert en direction d'une ambulance puis…

– VOUS, VENEZ ! aboya le directeur en se tournant vers Mrs Tettley et moi. Allons coincer cette fripouille !

Encore distrait par notre aventure, je ne compris pas immédiatement de qui il parlait. Ivo Morla remonta le couloir de la galerie au pas de course. Je me tournais au passage pour regarder le portrait de la duchesse : Wallis m'adressa un clin d'œil discret, et le révérend leva un poing en signe de victoire, avant de disparaître du cadre.

Ivo Morla nous fit sortir par une porte de service à l'arrière du bâtiment. Dans la ruelle sombre, une longue voiture noire nous attendait, moteur en marche. Carl était au volant et inclina la tête en nous apercevant.

Je m'installais à l'arrière avec Mrs Tettley, qui me regardait d'un air interdit, les mains docilement croisées sur son tailleur de tweed sale, tandis que le directeur prenait place à côté du conducteur.

– Eu ui venu ès que v'ai eu vot' appel, baragouina Carl.

– Oui oui, je vous revaudrai ce service, répondit Ivo Morla avant d'indiquer d'une voix pressée : Stone Wharf, Little Venice. Dépêchons-nous, il ne manquerait plus qu'Eugène nous file entre les doigts !

Et la voiture démarra dans un rugissement de moteur.

# LITTLE VENICE

À 22 heures une nuit de Noël, les canaux du district de Westminster étaient déserts. Les silhouettes des saules pleureurs bordant la rue se découpaient sur les façades blanches des élégantes maisons victoriennes. Des péniches bigarrées s'alignaient sagement au bord du quai de Regent's Canal, chacune accompagnée d'une barque se balançant au gré du courant. Des géraniums tombaient en cascade de leurs toits malgré le gel, et leurs rambardes parées de lampions multicolores se reflétaient sur l'eau noire.

Un peu plus loin, l'intérieur d'une péniche était illuminé, sa cheminée crachant un filet de fumée grise, et j'aperçus à travers ses hublots une famille attablée autour d'une énorme dinde farcie. C'était la seule source d'animation dans la quiétude du quartier.

Tous phares éteints, notre voiture glissait le long de la berge comme un fauve tapi dans l'ombre. Nous passâmes devant le restaurant flottant Canal Boat Cafe puis le pittoresque théâtre de marionnettes Puppet Barge. Ivo Morla tendait le cou par la fenêtre ouverte, sa grande bouche de batracien pincée par la concentration. Il marmonnait :

– Browning's Island, Rembrandt Gardens… Stone Wharf est par là-bas ! montra-t-il enfin.

Carl hocha la tête et s'engagea dans l'embranchement le plus sombre du canal, sous un pont à quatre voies. Il n'y avait plus d'éclairage public et les péniches, étroites et mal entretenues, tanguaient tels des fantômes sur l'onde. Enfin, la voiture s'arrêta près de la plus misérable, *Le temps perdu*. Ses peintures étaient écaillées, sa coque tachée de rouille, le fond de son canot rempli d'eau de pluie stagnante. Un tas d'objets hétéroclites encombrait son plat-bord : bottes en caoutchouc, bassines, caisse à chat, gravats, vieux vêtements… Ivo Morla se tourna vers nous et mit un doigt sur ses lèvres pour nous intimer le silence avant d'ouvrir doucement la portière. Interloqués, Mrs Tettley et moi l'imitâmes.

Était-ce dans ce taudis que vivait Eugène ? Je l'avais imaginé mener une vie de bohème, fumant la pipe sur un pont fleuri, dans un havre de paix romantique… Et s'il nous attendait derrière un boulard pour nous assommer à coups de rame ? Sans s'embarrasser de questions, le directeur emprunta un pont de bois jusqu'à l'entrée de l'embarcation.

– Monsieur le directeur, *are you sure* ? chuchota l'intendante dans un trémolo paniqué. Nous n'avons pas le droit de pénétrer ainsi chez les gens ! Et si la police…

Ivo Morla l'ignora, referma ses doigts sur la poignée, et la porte s'ouvrit avec un grincement sinistre.

Mes yeux fatigués mirent du temps à s'accoutumer à l'obscurité des lieux. Les contours des meubles dessinèrent petit à petit le décor d'un véritable capharnaüm : un lit enfoncé sous un amoncellement de couvertures, une bibliothèque débordant de livres et de magazines, un évier rempli de casseroles et d'assiettes sales, des plantes dont les tiges couraient au plafond le long d'un fil, des plants de tomates, des pots de miel sans couvercle, des feuilles d'ortie oubliées dans un saladier, des tasses de thé abandonnées au petit bonheur, des boîtes à crayons renversées... Le parquet était constellé de traces de peinture, des toiles s'entassaient non loin d'un chevalet cassé et d'un aquarium où croupissait une eau verdâtre. Pour compléter le tableau, à travers un interstice de la toiture, l'eau gouttait dans un seau en étain, produisant un plic-ploc entêtant.

– Eugène ! appela Ivo Morla. Montrez-vous, nous savons que vous êtes là !

Silence. Je ne comprenais guère ce que cherchait le directeur car la péniche constituée d'une seule pièce était manifestement vide. Eugène avait dû s'enfuir.

Quand soudain, BING ! SCHLONK ! CLANG ! un tintamarre épouvantable me fit sursauter. Je scrutai la pénombre, m'attendant à voir surgir la silhouette hirsute du peintre, mais un chat angora blanc se faufila entre mes jambes après avoir fait tomber un pot de pinceaux, et bondit à travers la porte entrouverte.

Ivo Morla poussa un soupir de soulagement et entreprit de fouiller dans les tiroirs. Sans aucune gêne, il envoya valser tout ce qu'il y trouva – tubes de peinture, vieux papiers et vestons élimés qui ajoutèrent au désordre. Mrs Tettley affichait un air de dégoût et tenait ses bras repliés sur la poitrine de peur de frôler quelque chose.

– Aide-moi ! s'exclama le directeur, en constatant que l'intendante rechignait à participer.

– Que cherchons-nous ? demandai-je, confus.

– Une preuve, voyons ! De sa culpabilité ! Ta mère m'a tout raconté. Cette canaille a trahi ma confiance alors que je l'avais sorti du caniveau ! Je ne le laisserai pas s'en tirer comme ça !

Il était si fébrile, ses mains tremblantes d'excitation, que je n'osais poser davantage de questions. Je tâtonnais timidement une étagère chargée d'anciennes éditions d'*Art of England* et de sachets de croquettes, réprimant un bâillement. Quoi qu'Eugène ait fait, je trouvais cette méthode douteuse. Pourquoi le directeur n'avait-il pas simplement averti la police ? Par peur de ternir sa réputation ? Peut-être voulait-il régler les choses à sa manière, sans faire d'esclandre ?

Je farfouillais sans conviction quand, sur une table basse, une photo de femme attira mon attention. Tiens donc… Elle était bien plus jeune et souriante, mais son port altier, ses pommettes hautes et son chignon serré ne laissaient aucune place au doute : il s'agissait de Léonie, posant dans le jardin du cottage, un bouquet de chardons à la main. Elle avait l'air épanouie et heureuse, si différente de la vieille dame acariâtre que je connaissais. Près du cadre se trouvait un passeport. Étrange qu'un document de cette importance reste posé là, en évidence… La preuve qu'Ivo Morla cherchait pour incriminer son employé était sous mes yeux : à côté de la photo d'Eugène, qui ne portait pas encore de barbe, figuraient un nom et une signature que je reconnaissais désormais entre mille – ceux de Swann Whistler.

Ivo Morla m'arracha le passeport des mains et le parcourut en poussant un cri de victoire. Il rafla la photo sur la table, marqua un temps d'arrêt puis la regarda avec aversion.

– Voyez donc, vous deux : une fausse identité ! hurla-t-il presque, comme s'il voulait être sûr qu'on l'entende. Bravo, mon garçon ! Nous avons ce qu'il faut pour le confond…

Soudain, ses yeux s'agrandirent démesurément, comme s'il voyait quelque chose de terrifiant. Il voulut parler, mais le son de sa voix resta bloqué dans sa gorge et il demeura la bouche ouverte, tel un poisson hors de l'eau, sous l'effet d'une surprise que lui seul comprenait. Jambes tremblantes, il porta la main à sa poitrine et allongea le cou pour mieux respirer.

– Qu'avez-vous, *sir* ? glapit Mrs Tettley en se précipitant vers lui.

L'intendante déboutonna le faux col, allongea le directeur en hâte sur le lit et ouvrit un hublot pour créer un courant d'air. Elle regarda autour d'elle à la recherche d'une idée.

– Fais quelque chose ! supplia-t-elle. Il s'étouffe !

Mais j'étais pris de court. Jamais personne n'avait fait un malaise devant moi, et je regrettais d'avoir ricané bêtement pendant les cours de secourisme au collège. Je restai les bras ballants, pétrifié.

En quelques secondes, le teint jaune d'Ivo Morla avait viré au blanc d'œuf. Il se tortilla un instant, tâta son corps comme pour vérifier qu'il était encore bien là, puis ses membres s'abandonnèrent : ses bras retombèrent mollement sur les couvertures et sa tête roula sur le côté. Toute force l'avait quitté, si ce n'était ses yeux globuleux qui semblaient jaillir de leurs orbites.

Dans un dernier effort, Ivo Morla soupira :

– Oh, le salaud !

Et pop. Avec le bruit léger d'une bulle de savon qui éclate, il disparut.

# TOUT VIENT À POINT...

Je crus devenir fou. À l'endroit où s'étendait le corps du directeur une seconde plus tôt, il ne restait qu'un creux dans les couvertures. Il était là, sous mes yeux, puis il n'y était plus, c'était aussi simple que cela. Incapable de prononcer un mot, la gorge serrée par le choc, je tâtonnai fiévreusement le lit dans l'espoir idiot d'y trouver une trace, un indice, quelque chose qui explique cette incroyable disparition. Mais seul un vague parfum d'after-shave flottait encore dans l'air.

Entre-temps, le chat angora était revenu. Il se frotta langoureusement contre mes mollets puis sauta sur les couvertures, s'étira dans un long bâillement et se mit à ronronner, me fixant d'un air de défi tranquille.

Je me tournai vers Mrs Tettley dans l'espoir qu'elle calme mon angoisse. Son visage était éclairé par un rayon de lune qui filtrait à travers le hublot. À ma grande surprise, elle n'était ni terrifiée ni effondrée. Sourcils froncés, elle semblait réfléchir.

– C'est donc ainsi que cela se passe... murmura-t-elle pour elle-même. *How interesting.*

– Mrs Tettley, m'exclamai-je en tremblant de la glotte, que s'est-il passé ? Où est le directeur ? Il s'est évaporé comme ça, pouf ! mimai-je en écartant les doigts devant mon visage, comme elle l'avait fait en apprenant que les artistes avaient disparu des caméras de surveillance du musée. Vous y comprenez quelque chose ?

Ma panique la sortit de sa rêverie, mais elle n'eut pas le temps de répondre que… toc ! toc ! toc ! on frappa à la porte de la péniche. La silhouette massive de Carl se dessinait sur le ciel nocturne et il énonça péniblement :

– Ai eu-u lode eu vous -ameuner. Uivez-moi.

– Mais mais… comment ça ? protestai-je d'une voix stridente qui me rappela le révérend. L'ordre de qui ? Nous ramener où ? Nous ne pouvons pas partir comme ça !

– Eu ont les odes, insista Carl en m'empoignant par l'épaule et en me poussant avec fermeté vers la sortie.

Intéressé par le tour des événements, le chat sauta à bas du lit et nous suivit paisiblement jusqu'à la voiture. Il attendit que Carl ouvre la portière pour bondir sur la banquette de cuir et s'y rouler en boule.

– Léonie nous réclame ? tenta Mrs Tettley. Qu'a-t-elle découvert ?

Mais le chauffeur, casquette enfoncée jusqu'aux yeux, s'était replongé dans un silence mutique.

Les mains encore tressaillantes d'émotion, j'inspirai profondément, paupières closes. Je ne portais pas le directeur dans mon cœur, mais j'étais épouvanté par ce qui venait de lui arriver, et déconcerté par le calme de mes compagnons.

– Que s'est-il passé, enfin ? répétai-je comme un automate. Le directeur a fait une crise cardiaque ? Est-il mort ? Comment a-t-il pu se volatiliser ainsi ?

– Je ne suis pas sûre, souffla Mrs Tettley en fuyant mon regard. Je ne fais pour l'instant que des suppositions, aussi *unbelievable* les unes que les autres. Mais nous devrions bientôt avoir des réponses…

Frustré et terriblement anxieux, je tournai la tête vers la fenêtre en croisant les bras sur ma poitrine. Qui Ivo Morla accusait-il dans son dernier soupir ? Pourquoi l'intendante et Carl ne manifestaient-ils pas plus de surprise ? Toutes ces questions valdinguaient dans mon cerveau dans un insupportable charivari. Je n'y comprenais rien, rien, rien ! Et j'étais épuisé.

Alors que je me triturais les méninges, nous avions quitté Little Venice et remontions la nationale Westway, le long des voies de chemin de fer menant à la gare de Paddington. C'était un quartier moderne et froid de buildings sans charme. Puis nous parvînmes à Edgware Road, bordée de petits immeubles de briques rouges où seuls circulaient quelques *black cabs* et bus à impériale. Carl brûla sans vergogne tous les feux rouges qui ralentissaient sa course. Je ne pus m'empêcher de comparer cette virée avec mon arrivée à Londres dans cette même voiture quelques jours plus tôt, alors que ces rues étaient pour moi inconnues et vides de sens. Que d'événements extraordinaires s'étaient produits depuis ! C'était vertigineux. J'avais l'impression de ne plus être le même.

La voiture parvint enfin à l'écrin de verdure familier de Connaught Square. Appuyée sur sa canne, son chignon enserré dans un filet de nuit, Léonie nous attendait en robe de chambre polaire sur le seuil de la maison. Pour se présenter dans cette tenue négligée aux vues des voisins, ma grand-tante devait être rongée d'inquiétude. Que s'était-il passé en notre absence ?

– Ma chère amie, entrez vite ! s'exclama-t-elle en saisissant le bras de Mrs Tettley qui s'extirpait à peine de l'habitacle. Puis elle se tourna vers moi : Viens, mon petit !

Cette soudaine familiarité me choqua encore plus que le saut-de-lit en pilou-pilou. Léonie allait nous faire entrer quand elle aperçut le chat angora, assis sur le trottoir.

– Charlus ?

Comme si elle avait attendu ce signe de reconnaissance, la bête courut vers elle d'un pas élastique et s'élança dans ses bras. Léonie la serra contre son cœur et enfouit son visage dans son pelage soyeux. On aurait dit qu'elle retrouvait un vieil ami.

– Vous étiez donc à Stone Wharf ? demanda-t-elle enfin.

– Oui, et… hum, euh… en fait, hésita Mrs Tettley, tout ne s'est pas, hum, *well,* très bien déroul…

– Pas ici ! l'interrompit Léonie.

Elle nous poussa à l'intérieur en jetant des coups d'œil apeurés vers le salon, nous fit asseoir sur le sofa et s'installa face à nous dans son fauteuil. Charlus se lova sur ses genoux et les pétrit consciencieusement de ses coussinets, battant des paupières avec extase. À côté d'un escabeau sur lequel était posé un drap plié, quelques braises rougeoyaient dans l'âtre, jetant une lueur dramatique sur les traits tirés de ma grand-tante. La ride qui creusait son front exprimait une profonde tristesse.

Elle prit un pinceau sur la table basse et le pressa entre ses doigts, sans prendre garde à la peinture qui gouttait sur le tapis.

– Il s'est passé une chose terrible, dit-elle d'une voix d'outre-tombe.

Mrs Tettley et moi nous regardâmes : qu'est-ce qui pouvait être plus terrible que la disparition éclair du directeur ?

– Je ferais mieux de commencer par le commencement, soupira Léonie. Tu as le droit de comprendre, Oscar.

Elle empoigna le pommeau de sa canne pour se pencher vers nous et caressa la tête de Charlus, qui émit un ronflement de tracteur. Dans la pénombre de la pièce, alors que des flocons de neige timides commençaient à tourbillonner au-dehors, elle débuta son récit.

# TOUTE LA VÉRITÉ ?

– Quand Ivo a eu l'idée de cette exposition contemporaine, j'étais outrée. Que feraient ces sculptures atroces, ces installations grotesques que nous avions toujours dénigrées dans un musée respectable ? Mais la National Gallery était en perte de vitesse : les visites chutaient depuis quelques années, les finances étaient au plus bas et Ivo était déterminé à attirer un nouveau public, jeune, « branché » comme il disait. Il voulait bousculer, surprendre, et aussi damer le pion à son ennemie jurée, la Tate Modern. Pour frapper un grand coup, il comptait convier sept des plus grands artistes du monde à investir nos galeries. Ces artistes, vous les connaissez. Au départ, Zazoi Kusawa était pressentie pour représenter la gent féminine, mais lorsqu'elle a exigé que le bâtiment soit peint de gigantesques pois rouges et blancs, Ivo l'a traitée de clown et a choisi ta mère, Valeria. Comme tu le sais, Oscar, ma nièce et moi ne nous sommes jamais entendues…

– Que s'est-il passé entre vous ? osai-je demander. La famille n'en a jamais parlé…

– Je l'ai accueillie ici il y a vingt ans, après la mort de ma fille, pour l'aider alors qu'elle débutait sa carrière, expliqua Léonie. Je lui ai offert le gîte et le couvert, présenté mes connaissances, mais cette gourgandine n'a jamais travaillé. Elle ne pensait qu'à folâtrer et me prenait pour la dernière des ringardes. Elle m'a quittée du jour au lendemain pour s'établir à Saint-Pétersbourg. Son succès fulgurant a été le fruit du hasard. Je n'ai jamais compris ce que ton père avait trouvé à ses « œuvres ». Des madones en mie de pain ? Non mais vraiment ! Pourquoi pas des cuvettes de toilettes qui crient « piou piou » ? Valeria ne méritait pas une telle reconnaissance. D'autres artistes bien plus talentueux n'ont pas eu sa chance…

J'étais gêné de l'entendre attaquer ma mère ainsi – après tout, le succès dépendait de la rencontre d'un artiste avec son époque, et les critiques de ma grand-tante ressemblaient fort à de l'aigreur – mais je la laissai continuer.

– Ivo m'a donc soigneusement caché ce choix de dernière minute. Je ne l'ai appris que par un message vocal de Valeria, après quinze ans de silence, m'expliquant qu'elle avait été choisie et me prévenant de ton arrivée. Elle me remerciait d'ailleurs d'avoir suggéré son nom, certaine que j'avais appuyé sa venue auprès du directeur. Quelle idiote !

– Hum hum, toussota Mrs Tettley en s'agitant sur le sofa.

– Oui, bon, se reprit Léonie. Je n'avais aucune envie de lui rendre service en t'accueillant chez moi mais, d'un autre côté, j'étais très curieuse de te rencontrer. Je savais que ma nièce n'avait pas hérité de notre don familial, mais peut-être l'avait-elle transmis à son fils ? Quand je t'ai vu ici même pour la première fois, mes espoirs ont été déçus. Tu étais un adolescent mollasson, tout ce qu'il y a de plus banal.

– Merci, dis-je, je suis touché.

Léonie ignora mon sarcasme :

– Je ne pouvais prendre le risque de t'interroger frontalement, alors je t'ai introduit à la National Gallery sous la responsabilité de Susan. Après t'avoir observé, elle m'a confirmé que tu ne semblais pas avoir d'aptitude particulière. Tu te fichais du musée et n'avais visiblement qu'une envie : prendre tes jambes à ton cou. Pourtant, le lendemain, tu as laissé échapper une plaisanterie qui n'avait l'air de rien mais pouvait signifier beaucoup : tu disais avoir *parlé* avec un tableau. Simple coïncidence ? Peu probable. J'ai alors demandé à quelqu'un d'autre de t'avoir à l'œil, quelqu'un qui pourrait te parler de peinture et t'y intéresser : Swann, que tu connais sous le nom d'Eugène.

Elle marqua une pause et me regarda droit dans les yeux :

– Comme tu m'as volé ma correspondance privée, j'imagine que tu as compris que Swann était le compagnon de ma jeunesse, et le père de ma fille.

Mes joues s'enflammèrent et, honteux, je fixai mes pieds, mais Léonie n'y prêta aucune attention.

– Quand nous nous sommes rencontrés, Swann était sans le sou mais passionné et terriblement séduisant, l'archétype de l'artiste maudit. Il vivait déjà sur sa péniche (Little Venice était alors un gourbi infâme, rien à voir avec le quartier coquet d'aujourd'hui). Moi, je rêvais de bohème et d'aventure pour échapper au carcan de mon éducation bourgeoise. À cette époque, contre l'avis de ma famille, j'ai tout fait pour encourager Swann : je lui fournissais son matériel, je le présentais aux collectionneurs influents, je parlais de son travail aux directeurs de musées…

– Mais ça n'a pas marché ? anticipai-je.

– Non, en effet, on jugeait son style trop traditionnel, manquant d'audace. Et Swann est resté dans l'ombre. Malgré tout, nous nous aimions profondément. Nous passions des étés idylliques au cottage d'Eildon Hill, Swann à peindre, moi à faire de longues promenades dans la lande et à jardiner. Et, alors que nous n'étions pas mariés, je suis tombée enceinte. Quand nous avons décidé de garder l'enfant, mes parents m'ont reniée et coupé les vivres. Ils m'ont juste laissé le cottage, qu'ils n'avaient de toute manière jamais beaucoup aimé. J'étais affectée par cette rupture, mais Swann n'en avait cure. Je crois qu'au fond il était heureux que nous soyons affranchis de la tutelle de mes parents, qui ne croyaient pas en son talent. Et il était fou de son enfant. Il faut dire que Juliette était un rayon de soleil : gaie, charmante, douce. En grandissant, elle lui a fait oublier ses échecs, sa frustration de ne pas avoir été reconnu. Elle l'admirait beaucoup et une complicité s'est nouée entre eux dont je me suis souvent sentie exclue.

Je comprenais le sentiment de Léonie. C'était exactement ce que j'éprouvais vis-à-vis de mes parents qui s'entendaient comme larrons en foire.

– Mais à l'adolescence, soupira-t-elle, Juliette est tombée gravement malade. La tuberculose. Nous étions brisés. Pour lui tenir compagnie, et parce qu'il ne savait faire que ça, Swann a commencé à peindre son portrait, y insufflant sa virtuosité et, surtout, tout son amour pour elle. Il y avait une fébrilité désespérée dans ses gestes. Je voyais que quelque chose d'étrange se passait. Au fil des jours, le portrait devenait plus *vivant* que son modèle. Une énergie, une vigueur sidérantes s'en dégageaient et je m'attendais à voir les traits de Juliette s'animer sur la toile. À cette époque, j'avais déjà découvert mon don de parler aux personnages de tableaux, mais j'ignorais encore *pourquoi* j'en étais capable et *comment* ceux-ci s'animaient. Je n'avais jamais vu un peintre parvenir à leur donner vie. Une chose était sûre : ce portrait était le chef-d'œuvre de Swann.

Alors que Léonie parlait, je levais les yeux vers le tableau au-dessus de la cheminée. Il était plongé dans l'ombre et je pus à peine distinguer les traits de la jeune fille.

– Juliette nous a quittés peu avant que Swann y mette la dernière touche, poursuivit Léonie. Après sa mort, il a sombré dans la dépression. Notre relation n'y a pas survécu et, trop heureuse d'être débarrassée du gêneur, ma famille m'a réintégrée dans ses rangs. Je leur en voulais de leur cruauté à notre égard, je les tenais presque pour responsables de notre malheur, mais j'étais épuisée, physiquement et psychologiquement. J'ai accepté leur soutien et suis rentrée vivre ici, à Connaught Square. Malgré le drame que nous traversions et la distance qui s'était créée entre nous, je n'ai pas abandonné Swann. Pour le sortir du gouffre où il était tombé, j'ai sollicité une place de restaurateur auprès du nouveau directeur de la National Gallery, Ivo Morla, en l'assurant de l'incroyable talent d'un vieil ami. Mais Swann n'a accepté d'être embauché que sous un autre nom. Il était fier et craignait qu'on ne fasse le lien entre nous, qu'on ne pense qu'il ait bénéficié d'un traitement de faveur.

–Vous ne m'avez jamais parlé de tout ceci, marmonna Mrs Tettley d'un ton de reproche. J'étais pourtant votre amie…

–J'avais peur que cette période si difficile de ma vie me rattrape. Revoir Swann était pour moi une souffrance, et je n'allais à la péniche qu'en cas de nécessité. Ces rares visites étaient un peu adoucies par la présence de Charlus. (Léonie gratta le menton du chat angora qui ronronna de plus belle.) En près de vingt ans, je ne me suis jamais rendue à l'atelier de restauration, et je tremblais à l'idée de croiser Swann chaque fois que j'allais au musée, avoua Léonie. En parler à quiconque lui aurait accordé une présence, une réalité. Nous ne nous y sommes retrouvés qu'une seule fois, des années plus tard. Il avait un dernier service à me demander avant de quitter la région et de disparaître, m'avait-il assuré : faire exposer le tableau du cottage que nous avions habité ensemble. En souvenir de notre amour, de notre vie de famille, et pour qu'il puisse partir en paix. J'ai accepté d'en faire la demande à Ivo, dont j'étais devenue une proche collaboratrice. Après les cachotteries qu'il m'avait faites, et comme je finançais la restauration du tableau et faisais preuve d'une grande générosité, le directeur ne pouvait rien me refuser.

– Pourquoi fallait-il le restaurer ? demandai-je.

– Le tableau était en mauvais état. Swann l'avait abîmé lors de notre séparation et il ne pouvait être montré ainsi au public.

Il l'a donc restauré lui-même avec soin. Je lui faisais confiance, je n'aurais jamais imaginé qu'il s'en servirait pour…

– Pour créer un passage et y enfermer votre propre nièce, achevai-je.

Léonie se lamenta :

– J'avais sous-estimé sa haine pour les artistes qui rencontraient le succès et la fortune. Surtout les contemporains qu'on trouvait si frais et audacieux, alors que leurs créations étaient pour lui d'un ridicule affligeant.

Léonie ne se rendait pas compte qu'elle faisait preuve de la même aigreur que son ancien compagnon, l'esprit de vengeance en moins.

– Toutefois, quand nos invités ont disparu de façon si mystérieuse, juste après la réception à laquelle Swann avait assisté (raison pour laquelle je n'étais pas venue moi-même), j'ai nourri des soupçons. Un lien s'établissait petit à petit dans mon esprit avec le tableau du cottage, qu'il avait intitulé *La cachette*. Alors, j'ai filé à la galerie est pour observer la toile attentivement. Puis j'ai approché mon oreille. Au début, je n'ai rien entendu d'anormal. Et, à force de concentration, je les ai perçus…

– Perçus quoi ? fis-je le souffle court.

– Les cris. Les cris déchirants des artistes prisonniers à l'intérieur.

Léonie marqua une pause. Nous étions suspendus à ses lèvres.

– Je me suis précipitée à l'atelier, espérant confondre Swann. Pour une fois que je le cherchais, il était absent.

Je rentrai chez moi, décidée à pénétrer dans le tableau dès le lendemain, chose que je n'avais encore jamais faite (je réalise maintenant à quel point j'ai négligé mon pouvoir). Mais, dans la nuit, la clef du cottage que je portais au cou m'a été volée. Après la disparition des lettres, je t'ai un instant soupçonné, Oscar, d'être le complice de Swann, ajouta-t-elle avec un rire nerveux. La suite, vous la connaissez tous les deux.

Un silence s'installa. J'y voyais plus clair, mais il manquait toutefois des pièces au puzzle. Qu'était-il arrivé à Ivo Morla ? De quel événement terrible avait parlé Léonie à notre arrivée ? Et ce pinceau qu'elle serrait toujours entre ses doigts ? J'en étais là de mes réflexions quand une voix douce s'éleva :

– Tu as fait tout ce que tu as pu, maman. Ce n'est pas ta faute.

# LE DERNIER MOT

Mrs Tettley et moi sursautâmes en même temps. D'où provenait cette voix ? Léonie tourna la tête vers la cheminée. Elle se leva péniblement, dérangeant Charlus qui s'installa de mauvaise grâce sur le tapis. Puis elle remua les braises avec un tisonnier, ajouta une bûche au foyer et raviva le feu de quelques coups de soufflet. Le tableau de la jeune fille apparut au-dessus du manteau, dans la lueur dansante des flammes. Alors que le décor de son portrait se précisait, mes yeux s'écarquillèrent de surprise : elle n'était pas seule dans le cadre. Eugène, ou plutôt Swann, se tenait à ses côtés.

Mrs Tettley poussa un cri de stupéfaction.

– Bonsoir, dit la jeune fille avec un gentil sourire. Je n'ai pas voulu vous interrompre plus tôt, mais le temps presse.

Elle regarda son père avec tendresse et posa la joue sur son épaule.

Voir dans un tableau cet homme que je connaissais en chair et en os était une expérience troublante. Bouche bée, je ne pus me retenir d'approcher. Je reconnaissais les moindres détails : son regard perçant, ses petites rides au coin des yeux, sa longue barbe grise qui lui tombait sur la poitrine, ses larges épaules et sa tignasse hirsute dont chaque cheveu se détachait sur le fond sombre. Sa physionomie était d'une fidélité extraordinaire à l'original. Comment un tel prodige était-il possible ?

Incapable de regarder Eugène, Léonie se prostra dans son fauteuil et se prit la tête entre les mains, son filet de nuit de travers.

– Tu sais ce que cela signifie, ma douce, murmura Eugène de sa voix de basse.

– Seigneur, qu'as-tu fait… ? gémit Léonie pour elle-même plus que pour son compagnon.

– Je t'ai promis de disparaître et je tiendrai parole. Après ce que j'ai fait, tu dois me détester, pire, me mépriser. Mais il faut que tu comprennes ce qu'il s'est réellement passé.

– Ce qu'il s'est réellement passé ? Swann, tu as enlevé des innocents ! Et pourquoi ? Par désir de vengeance ? Par frustration ? C'est comme si tu avais essayé de les tuer ! Jamais je ne t'aurais cru capable d'une telle cruauté…

– Tu ne sais pas tout, laisse-moi t'expliquer. Nous n'avons plus beaucoup de temps. Et après, tu penseras ce que tu veux.

– Très bien, alors parle ! ordonna ma grand-tante, les narines dilatées par la colère.

– Tout a commencé, débuta Eugène, lorsque Ivo Morla a découvert que j'avais été embauché à la National Gallery sous une fausse identité. Pour ne pas qu'on me reproche d'avoir obtenu ce poste grâce à ma relation avec Léonie, je m'étais présenté sous le nom d'Eugène et j'avais fourni de faux papiers. Je risquais donc la prison si le directeur me dénonçait.

– Il savait ? m'étonnai-je. Quand nous sommes allés chez vous tout à l'heure, j'ai trouvé votre vrai passeport et il a fait semblant de l'apprendre !

– Je ne suis pas étonné. Il ne pouvait pas m'incriminer pour l'enlèvement des artistes (qui l'aurait cru ?) et il voulait se débarrasser de moi d'une autre manière. Il a mis en scène cette recherche de preuves, devant témoins. Mais revenons à notre histoire : Ivo avait donc découvert que j'avais usé d'une fausse identité. Cependant, mon travail était apprécié depuis des années, et je croyais naïvement qu'après un premier emportement le directeur passerait l'éponge. Grossière erreur : son attitude à mon égard s'est transformée du tout au tout. Il m'a accusé d'avoir trahi sa confiance, de lui avoir planté un couteau dans le dos. J'avais intérêt à faire preuve d'une loyauté exemplaire si je voulais garder mon poste. Au début, ces menaces étaient sans conséquences. Puis cette satanée exposition a été organisée. Je n'avais jamais vu le directeur aussi tendu, on aurait dit qu'il jouait sa carrière. Et le ton a changé : Ivo a profité de ma position de faiblesse pour me faire chanter : il ne dévoilerait pas mon imposture aux autorités si, en échange, je trouvais un moyen d'intimider les artistes conviés à l'événement. Je ne comprenais pas pourquoi il voulait que je m'en prenne à ses invités, mais une chose était sûre : si je ne faisais pas exactement ce qu'il demandait sans poser de questions, je serais licencié et ne trouverais de nouvelle place dans aucun musée du pays. Ma vie serait brisée. Ivo Morla savait que j'étais un raté...

– Ne dis pas ça, papa, tu es le peintre le plus talentueux que je connaisse ! s'exclama Juliette avec fougue.

Eugène lui tapota le bras avant de continuer :

– J'ai donc écrit des lettres de menace et chargé un vaurien qui arnaquait les touristes de mon quartier de les transmettre aux artistes contre rétribution. Je n'étais pas fier de me débarrasser du sale boulot mais, ainsi, personne ne remonterait jusqu'à Ivo Morla. Le directeur semblait satisfait de l'inquiétude que suscitaient ces missives. J'ai cru que mon étrange mission était terminée et qu'il ne me demanderait plus rien. Deuxième erreur : pour me garder à sa merci, il ne s'est plus contenté de me faire chanter, il a aussi flatté mon ego. Si je continuais à suivre ses directives et créais un incident au cocktail, il promettait de faire publier mes œuvres dans des revues d'art. (Eugène baissa la tête.) Enfin, pas n'importe quelles œuvres – les portraits que je ferais des artistes pour promouvoir l'exposition. Je compris alors que ce qu'il cherchait, c'était la publicité.

Léonie écoutait en silence, lèvres pincées. Mrs Tettley, choquée de découvrir la véritable nature de son patron, gardait la main sur la bouche, laissant échapper des « oh là là ! » et des *« impossible! »* à intervalles réguliers. De mon côté, je n'y comprenais pas grand-chose :

– C'est complètement fou ! Pourquoi mettrait-il sa propre exposition en péril avant de la promouvoir ?

– C'est ce que je me suis demandé aussi, mais quoi de

mieux qu'un scandale qui ferait jaser les médias et attirerait le public ? Ivo l'a dit lui-même : « Sept artistes mondialement connus, sept œuvres estimées à plusieurs millions de livres, menacés par un mystérieux maître chanteur. » Quelle incroyable publicité pour le musée ! Les choses ont failli mal tourner lors du cocktail : le gamin que j'avais recruté a fait du zèle. Il n'aurait jamais dû lâcher ce lustre sur les invités. Le directeur était furieux, mais il n'a rien laissé paraître et a suivi son plan : il a proposé que je peigne le portrait du groupe, sans se douter de ce que j'avais en tête depuis plusieurs jours… Car il n'était plus question de rester la victime passive de ses machinations. Il voulait du bruit, il allait en avoir ! Je détestais l'art contemporain, et la condescendance de ces zouaves m'avait convaincu d'aller au bout de mon idée. C'était à la fois un défi et une vengeance symbolique contre ce monde qui m'avait rejeté.

– Comment avez-vous fait ? l'interrogeai-je.

– Grâce au soutien involontaire de Léonie, j'avais déjà obtenu la restauration du tableau de notre cottage. J'espérais juste avoir le temps nécessaire, lors de la séance de pose, pour y reproduire mes modèles avec assez de fidélité : je n'avais jamais réussi à « capturer » quelqu'un en quelques heures. Je m'étais entraîné sur mon fidèle Charlus, mais un être humain, c'était beaucoup plus difficile, et sept, presque impossible ! Alors j'ai étudié leur physionomie dans la presse, j'ai fait des esquisses de plus en plus poussées et, le moment venu, j'y suis parvenu. Ils ont tous été happés à l'intérieur du cottage et, sans la clef, il leur était impossible d'en sortir.

Une lueur presque démente animait l'œil d'Eugène.

– Pourquoi diable monsieur le directeur ne vous a-t-il pas confondu le lendemain, quand il a découvert leur disparition ? demanda Mrs Tettley. Il devait savoir que vous y étiez pour quelque chose ! *I remember*, nous sommes arrivés ensemble dans son bureau, vous et moi, alors qu'Oscar et son père se faisaient un sang d'encre pour Valeria. Si je m'étais doutée de ce qui se tramait…

– Bien sûr, il m'a immédiatement soupçonné. J'étais le dernier à avoir vu les artistes et je ne pouvais pas lui montrer les portraits que j'étais censé avoir peints (il m'a d'ailleurs questionné, souvenez-vous). Mais il n'avait aucune preuve contre moi et ne pouvait pas prévenir la police après le chantage qu'il m'avait fait. Il était coincé. Il espérait juste retrouver les disparus sains et saufs et camoufler cette histoire en jouant les sauveurs. Je jubilais, je l'avoue. Le seul risque, c'était que Léonie et Oscar découvrent le pot aux roses. Je savais que vous partagiez le même don de parler aux tableaux, et l'un de vous pouvait très bien pénétrer dans celui du cottage pour libérer les artistes. Heureusement, j'avais anticipé cette possibilité en signant mon œuvre, en fermant ainsi l'accès. Et, afin que les artistes ne puissent même pas sortir du cottage et se manifester, j'avais prévu d'en récupérer la clef, que Léonie gardait précieusement. Ne pouvant pas la voler moi-même, j'ai fait appel au voyou de Little Venice. Mon plan avait pourtant des failles : je n'avais pas imaginé qu'Oscar, qui semblait inconscient de ses pouvoirs, passe par un autre tableau, ni qu'il soit de mèche avec ce garçon…

– Et comment avez-vous fait pour, euh, arriver ici ? demandai-je en pointant le tableau du doigt.

– Ah, c'est une autre histoire, soupira-t-il. J'ai profité de l'absence de Léonie pour m'introduire chez elle. Albert dressait la table du réveillon, mesurant la distance qui séparait l'assiette de chaque couvert, précisa-t-il avec un sourire. Il m'a ouvert à regret et pour cause, il ne m'avait pas vu depuis vingt ans ! Sa tête de rat musqué n'a pas changé… Je lui ai expliqué que j'avais besoin de me recueillir auprès de Juliette avant de quitter la ville. Il m'a laissé seul pour vaquer à son dressage. Alors qu'il transpirait sur un délicat pliage de serviette en forme de cygne, j'ai dit au revoir et claqué la porte d'entrée pour lui faire croire que j'étais parti. Mais je me suis éclipsé au sous-sol, dans la chambre de bonne, là où il ne viendrait certainement pas fouiner. J'ai compris que tu y dormais, Oscar, en voyant tes bandes dessinées et tes carnets de croquis. Je les ai parcourus en attendant mon heure. Tu es doué. Et tu ne t'en rends même pas compte !

Je rougis, à la fois flatté du compliment et gêné qu'on ait farfouillé dans mes affaires. Eugène se tourna à nouveau vers Léonie :

– Je t'ai entendue rentrer le soir venu. Tu as congédié Albert pour qu'il profite du réveillon avec sa famille puis tu as dîné à la vitesse de l'éclair. Après les efforts surhumains qu'il avait fournis pour ce festin, quelle injustice ! J'ai pensé que tu devais être bien seule pour écourter ainsi la veillée de Noël. J'ai été tenté de me dévoiler pour partager ce moment avec toi. Nous adorions Noël, sa préparation, l'attente plus que la magie de la fête… tu te souviens ? Enfin, tu es montée te coucher. Je te connais, tu dors comme une bûche. Je ne risquais pas d'être dérangé. Alors j'ai gravi les marches sur la pointe des pieds. J'avais tout prévu : mes pinceaux, ma palette de couleurs, mon escabeau… j'avais même étendu un drap au sol pour ne pas salir ton intérieur ! Je me suis regardé dans le miroir et… je me suis peint.

À ce moment-là, Léonie poussa un gémissement.

– C'était la première fois que je me représentais, poursuivit Eugène. Quelle drôle d'impression d'être à la fois l'artiste et le modèle ! Au début, je n'ai rien senti, les coups de pinceau étaient encore trop vagues, mal assurés. J'ai eu peur de ne pas pouvoir y entrer car j'avais signé ce tableau il y a vingt-cinq ans, mais j'imaginais qu'il existait une exception pour les créateurs pénétrant dans leur propre œuvre… Puis une fébrilité m'a saisi. Des fourmillements ont grimpé le long de mes doigts, jusque dans ma poitrine. Des taches noires ont dansé devant mes yeux et mes jambes se sont mises à trembler, comme si j'allais m'évanouir. Je manquais d'air. Je n'étais pas sûr d'arriver au bout. Soudain, mes forces m'ont tout à fait abandonné : je lâchai ma palette et mon pinceau. Je ne les ai même pas entendus tomber par terre. Quand j'ai rouvert les yeux, j'ai vu le salon plongé dans la pénombre. Le feu dans la cheminée s'était éteint. Ma fille était à mes côtés. J'étais dans le tableau.

Il y eut un long silence, ponctué par les reniflements de Léonie, puis Mrs Tettley s'insurgea :

– C'est bien beau tout cela, mais qu'avez-vous fait du directeur ?

– Oh, vous le trouverez en pleine forme dans son bureau.

Eugène sourit, prit sa fille par l'épaule.

– Au revoir, dit-il. J'espère que vous me pardonnerez tous les trois.

Et avec un bruit de succion, le tableau se figea.

## *MERRY CHRISTMAS!*

Léonie ferma les yeux et de grosses larmes coulèrent sur ses joues. Mrs Tettley se leva et l'étreignit contre sa poitrine, lui caressant la tête comme à une enfant.

– Là, là…

Malgré nos conflits, la détresse de ma grand-tante me brisa le cœur. Elle m'avait toujours paru si forte et insensible. Je ne savais pas quoi faire pour la calmer.

– Je ne parlerai plus jamais à ma fille, se lamenta Léonie entre deux sanglots.

– Que voulez-vous dire ?

– Le tableau s'est refermé. J'ignore s'il s'ouvrira encore. Oh, Susan, je l'ai perdue à nouveau… Et Swann, Swann… c'est comme… c'est comme s'il s'était tué…

Impuissant, je décidai de leur laisser un peu d'intimité. Avant de quitter la pièce, je posai ma main sur celle de Léonie en tentant de lui transmettre un peu de ma compassion. Elle leva la tête et me regarda droit dans les yeux, mais pas de ce regard dur et froid que je lui connaissais. C'était un regard d'immense chagrin.

Quand je descendis dans ma chambre, je jetai un œil à mes carnets à dessins avant de m'étendre sur le canapé. Malgré l'épouvantable soirée que nous venions de passer, je ne pus m'empêcher de sourire en pensant à ce qu'Eugène avait dit.

Mrs Tettley avait dû dormir à la maison car, au matin, elle s'activait en cuisine vêtue du tablier à fleurs Liberty d'Albert. Ce dernier virevoltait autour d'elle comme un goéland autour d'un paquet de chichis : « Mais non, pas comme ça, enfin ! », « Laissez-moi faire ! », « *Ouch*, pas autant de chocolat dans les muffins ! » sans oser s'énerver tout à fait contre une invitée. Une délicieuse odeur de pancakes et de croissants chauds me chatouillait les narines. Dans la rue, la neige ne tombait plus, mais les trottoirs, les voitures et les lampadaires étaient couverts d'un duvet blanc et mousseux, encore intact, qui étincelait au soleil. Des maisons voisines me parvenaient les rires et les exclamations émerveillées d'enfants déballant leurs cadeaux.

– Joyeux Noël, *my dear* ! s'exclama Mrs Tettley en portant un plateau chargé de gâteaux et de pâtisseries à la salle à manger, Albert sur ses talons. Reposez-vous un peu, mon bon Albert, ce petit-déjeuner est pour vous aussi !

Vaincu, le majordome se laissa tomber sur une chaise, sans toucher à rien. Je m'assis à côté de lui et répondis gaiement :

– *Merry Christmas, dear Mrs Tettley! Merry Christmas, Albert!*

– *What a perfect accent!* me félicita l'intendante. Tu vois, je te l'avais dit, tu es devenu un vrai *Londoner*! Mais tu peux m'appeler Susan.

Je me servis une part de *banoffee pie* et commençai à tartiner un *scone* de beurre et de confiture de groseilles quand un tac-tac familier résonna dans le couloir.

– Eh bien, ne vous gênez surtout pas pour attendre la maîtresse de maison, lâcha Léonie d'un ton acerbe lorsqu'elle apparut dans l'encadrement de la porte.

Habillée d'une longue robe en lin grise à manches bouffantes et d'élégantes chaussures à bride, son chignon impeccable, elle avait retrouvé sa superbe. Albert bondit de sa chaise comme un ressort, dévoilant les chaussettes Liberty qu'il avait reçues au réveillon, et se confondit en excuses.

– Du calme, Albert, souffla-t-elle. Maintenant que vous êtes à table, profitez-en!

J'aurais juré qu'elle m'avait adressé un demi-sourire.

Ce fut l'un des meilleurs petits-déjeuners de ma vie. Pour les douceurs qui s'entassaient en piles pantagruéliques, pour la lumière chaleureuse qui inondait la table, pour le sapin qui clignotait déjà dans le salon et l'air de jazz diffusé par la radio, mais j'étais surtout heureux, après tant de péripéties, de partager Noël en si bonne compagnie.

Alors qu'Albert bâfrait allègrement sans plus aucune gêne, un muffin pomme-chocolat dans la bouche et un carré de *fudge* trempé dans de la crème anglaise dans une main, un coup retentit à la porte d'entrée. Mrs Tettley disparut dans le couloir, il y eut quelques secondes de silence pendant lesquelles ma grand-tante, Albert et moi nous regardâmes, et j'entendis un cri de joie.

– Où est mon petit poussin en sucre, mon canard en gélatine, mon chou à la marmelade ?!

Ma mère. Qui courut vers moi pour me claquer un baiser retentissant sur la joue.

– Laisse-le un peu tranquille, Valeria, tu ne vois pas qu'il mange ? dit mon père en m'ébouriffant les cheveux.

– T'es vraiment un goret ! J'espère que tu m'en as laissé !

Danny ! Le bras plâtré, il s'installa à mes côtés et allongea ses jambes sous la table comme s'il était chez lui.

Ils avaient l'air épuisés mais ravis. La police les avait gardés toute la nuit avant de les laisser partir, découragée par leurs récits décousus. Et comme aucun d'entre eux ne portait plainte…

– Ne me demandez pas pourquoi, Jeff et Damien sont partis faire de l'aviron à Putney Embankment, expliqua mon père. Yue a regagné sa chambre d'hôtel en jurant qu'il n'en ressortirait plus jamais. Jenny a rejoint l'entrepôt pour peaufiner son tableau (une telle conscience du travail bien fait m'épatera toujours). Anselm a été hospitalisé à Saint Mary, mais pas d'inquiétude, il se sent déjà frais comme un gardon !

– Et nous, nous avons rendu les clefs de notre location à Hackney avant de nous précipiter ici, *of course* ! lança ma mère en serrant Danny et moi dans ses bras, comme si nous formions la famille la plus normale du monde.

– Auriez-vous l'obligeance de recueillir deux parents et un ami en détresse pour la fin des vacances, madame Turnington ? demanda mon père en usant du fameux « regard papillon ».

Léonie resta silencieuse, sourcils froncés, puis hocha la tête.

– À condition que vous preniez un bain, finit-elle par exiger avec un vrai sourire.

– Génial ! se réjouit Danny. J'ai toujours rêvé de me prélasser dans une baignoire îlot. ÇA, c'est la classe !

Léonie lui jeta un regard suspicieux alors que Danny, réalisant sa bourde, se plaquait la main sur la bouche.

– Nous ne sommes pas venus les mains vides ! ajouta ma mère.

Elle les avait gardées derrière son dos et en sortit… cinq madones en mie de pain.

– Il fallait bien s'occuper pendant la garde à vue !

Et elle éclata de rire.

# LE PETIT DIRECTEUR

La matinée fut occupée à engloutir les délices préparés par Mrs Tettley et à somnoler au coin du feu, place attitrée de Charlus qui s'y étirait avec volupté. Au premier étage, Mrs Tettley et Albert se mirent à deux pour récurer un Danny couvert d'une épaisse couche de crasse. Entre un splash ! et un zblouff ! sonores, je l'entendais crier qu'on ne mouille pas son plâtre, qu'il chérissait telle une blessure de guerre (les artistes l'avaient d'ailleurs tous signé en sortant du commissariat).

Imperturbable, Léonie lisait le *Times* dans son fauteuil, jetant des coups d'œil réguliers au tableau d'Eugène. Sur le perron, mon père fumait une pipe qu'elle lui avait prêtée en regardant les petits voisins étrenner leur luge sur le trottoir enneigé. Et moi, j'avais la tête posée sur les genoux de ma mère, qui me papouillait en fredonnant *Yellow Submarine* comme quand j'étais petit. Par la fenêtre, je voyais l'homme qui avait failli nous écraser, Danny et moi, gratter amoureusement le verglas sur le pare-brise de son Aston Martin.

– Mon crapounet, susurra ma mère du ton qu'elle employait quand elle voulait me demander une faveur, que dirais-tu de passer les prochaines vacances chez ton oncle Gustavo, à Bogotá ?

Je me redressai d'un coup, manquant me cogner le front contre son menton.

– Bogotá ? Mais je croyais que c'était une blague ?

– Il nous avait invités cet hiver mais, avec l'exposition, nous n'avons pas pu le rejoindre, bien entendu. Ne serait-ce pas *fantastico* de partir à l'aventure tous les trois dans les favelas colombiennes ?!

Je soupirai et ne répondis même pas. J'aurai tout le temps, plus tard, de penser à cette nouvelle lubie.

Lorsque Mrs Tettley suggéra qu'on aille chercher Ivo Morla, j'étais si paisible que je faillis refuser, mais la curiosité l'emporta. L'intendante, Léonie et mes parents montèrent dans la voiture avec Carl, tandis que Danny et moi prenions le bus à impériale. Mon compagnon resquilla malgré le ticket que je lui avais proposé. « Question de principe », affirma-t-il en se ruant à l'étage. Je crois surtout qu'il était contrarié de ressembler à un caniche toiletté et voulait retrouver sa dignité.

Je n'étais jamais arrivé à la National Gallery l'esprit aussi léger. Maintenant que tout était terminé, je voyais Trafalgar Square différemment : ce qui m'avait paru intimidant, voire angoissant il y a cinq jours m'était désormais d'une agréable familiarité. J'avais parcouru cette place une vingtaine de fois et en étais venu à aimer ses touristes, ses spectacles, sa fontaine aujourd'hui gelée, sa colonne Nelson couverte d'un petit chapeau de neige et, surtout, cette immense bâtisse à colonnades qui ressemblait à une pièce montée saupoudrée de sucre glace. La voiture de Carl arriva quelques minutes après et Léonie nous entraîna d'autorité par l'entrée des visiteurs.

– *Good morning*, Mr Mullard, lança-t-elle.

Le gardien fut vaguement surpris de nous voir arriver en si grand nombre en ce jour férié, mais il haussa les épaules et se replongea dans les recettes détox post-fêtes de *Cosmopolitan*.

Nous traversâmes les galeries désertes et passâmes la porte *Staff only* dans un joyeux désordre. Lorsque nous arrivâmes devant le bureau du directeur, ses proportions me semblèrent moins gigantesques qu'à l'accoutumée. Léonie frappa trois coups. Pas de réponse.

– Monsieur le directeur ? insista Mrs Tettley. *Are you there?*

Toujours rien. Léonie entra. Le bureau était vide. Eugène nous avait pourtant assuré qu'Ivo Morla s'y trouverait. Pourquoi aurait-il menti ?

– Ce n'est pas le moment de jouer à cache-cache, Ivo ! fit ma mère avec un rire qui dissimulait à peine son malaise.

Soudain, Léonie dressa l'oreille et nous fit signe de nous arrêter. J'écoutai attentivement moi aussi. On percevait quelque chose, un bruit minuscule, à peine perceptible, comme un chuchotis de souris. Il venait du secrétaire. Léonie s'approcha, vérifia en dessous, ouvrit les tiroirs, puis me regarda, interdite. Le bruit se faisait pourtant plus précis : une voix, une voix d'homme.

Sur le secrétaire était posé le magazine d'art que j'avais remarqué à la librairie le premier jour, *Interview with Ivo Morla*

– *How I will revolutionize the National Gallery*, un portrait du directeur en couverture. À côté, il y avait un pinceau aux poils couverts de peinture, détail incongru dans l'ordre millimétré de la pièce. Et là, je le vis : un petit cadre que je n'avais pas remarqué auparavant. Je crus d'abord que c'était une photo de famille, bien que je n'imagine pas Ivo Morla marié. Mais, en m'avançant, je constatai qu'en fait de photo il s'agissait d'un minuscule tableau. Et à l'intérieur, gesticulant comme un perdu, hurlant de toute la puissance de ses petits poumons, il y avait Ivo Morla. Je pouffai de rire. Léonie, Mrs Tettley, mon père, ma mère et Danny se regroupèrent et se penchèrent sur le lilliputien qui s'époumonait :

– Mais sortez-moi de là, bon sang !

– Parlez plus fort, hurla mon père en plissant les yeux, on ne vous entend pas !

Dans le tableau, le directeur se plaqua les mains sur les oreilles puis brandit rageusement son poing.

– Vous n'avez pas honte, monsieur le directeur ? ironisa Léonie. Une telle conduite n'est pas digne de vous.

Mrs Tettley fut la seule à prendre sa défense :

– Arrêtez, enfin, ce n'est pas drôle du tout ! Comment va-t-on s'y prendre ?

– Swann a peint Ivo grâce à ce magazine, réfléchit Léonie à haute voix. Il l'a ainsi capturé dans ce tableau, mais je ne pense pas qu'il l'ait fermé… bien que vous l'ayez mérité ! ajouta-t-elle à l'intention du directeur qui, épuisé, s'était assis par terre et semblait encore plus petit.

– Il n'est pas signé, constatai-je en scrutant le portrait.

Léonie se tourna vers moi :

– Bien vu, Oscar ! Alors maintenant, passe ton doigt à travers la surface.

– Euh, quoi ? Mon doigt ? Vous êtes sûre ?

Léonie approuva. Je m'exécutai. Je sentis que le directeur s'agrippait à mon index comme une mouche sauvée de la noyade. Je retirai la main et un poids de plus en plus lourd sembla suivre. Au bout de mon doigt apparurent une main, un poignet, un bras puis une épaule. Ça ne passait plus, le cadre était trop petit.

– Plus fort ! Un peu de nerf ! hurla Ivo Morla.

Je m'arc-boutais pendant que Danny me prenait par la taille et me tirait en arrière de toutes ses forces.

– Ho hisse, la saucisse !

Il y eut un craquement sec. Ivo Morla jaillit comme un bouchon d'une canalisation et nous tombâmes tous les trois sur le parquet. Le directeur se releva et épousseta son costume du plat de la main.

– Eh bien, merci pour votre aide, marmonna-t-il du bout des lèvres avec un regard mauvais.

Léonie se tint devant lui, les mains sur les hanches, et déclara d'une voix ferme :

– Vous allez démissionner, cher Ivo. Vous me confierez l'intérim, le temps que nous vous trouvions un successeur. (Elle ramassa les morceaux du cadre éparpillés sur le sol.) Vous savez désormais ce qu'il risque de vous arriver si vous refusez. Je vous conseille de ne pas tenter d'entourloupe. Je propose même que nous préparions les papiers maintenant.

Les yeux globuleux d'Ivo Morla semblaient vouloir lui sauter des orbites. Il émit une sorte de coassement dépité et s'assit derrière son bureau, la tête rentrée dans son faux col.

– Vous pouvez sortir, nous dit Léonie, je vous retrouverai à l'entrée principale.

Alors que nous refermions la porte, ma mère s'extasia :

– Tout de même, cette Léonie, quelle femme !

# L'EXPOSITION

L'exposition tant attendue commença le lendemain. Une fois n'est pas coutume, Léonie m'aida à m'habiller et fit mon nœud de cravate pendant que Danny riait sous cape.

– Je vous assure que je peux me débrouiller seul, me défendis-je pour mettre fin à ses moqueries.

– Si tu veux ressembler à un sauvage, grand bien te fasse, mais je n'avouerai à personne que tu es mon petit-neveu !

Ma mère était dans un tel état de nerfs que mon père l'avait accompagnée en avance à la National Gallery – elle y peaufinerait les derniers détails de son *happening* avant l'arrivée du public. Carl nous emmena jusqu'à Trafalgar Square en gardant un œil sur Danny, qui jouait avec la fonction chauffante des fauteuils.

Malgré l'heure matinale, le hall d'accueil du musée était bondé – Ivo Morla, qui avait annoncé son retrait dans la presse le jour même, aurait été extatique. Mais la foule ne pouvait masquer la gigantesque boîte de conserve, haute comme deux éléphants, qui trônait en son centre. J'étouffai une exclamation ébahie alors que Danny s'esclaffait bruyamment (« Pince-moi, je rêve ! » hurla-t-il sans se préoccuper du regard outré des touristes) : sur la boîte était écrit en lettres immenses *« ARTIST'S SHIT »*.

– Eh oui, expliquait Mrs Tettley à un groupe d'Américains qui observaient l'œuvre avec dévotion. Cette boîte contient trois ans, oui, trois ans, mesdames messieurs, uhuh, eh bien, d'excréments de l'immense artiste Damien First. Elle sera vendue aux enchères chez Sotheby's le mois prochain au prix d'appel de 120 000 euros !

Une femme applaudit avec vigueur.

– Magnifique ! s'écria son voisin. Grandiose !

J'eus du mal à convaincre Danny d'arrêter de se gondoler de rire et me précipitai dans la première galerie pour échapper à la honte.

Jeff Booms n'avait guère été plus délicat que son acolyte. Une statue grandeur nature à son effigie et à celle de son ex-épouse (une blonde plantureuse) était campée sur une estrade. La position très explicite des personnages me fit rougir mais ne semblait pas gêner les admirateurs dithyrambiques :

– C'est du grand kitsch !

– Je dirais même néo-pop-burlesque !

J'avais peur de ce que j'allais découvrir dans la galerie suivante, mais Yue Munjin et Jenny Maville s'étaient montrés moins provocateurs, quoique tout aussi dérangeants. Deux grandes toiles étaient suspendues à des tringles : une silhouette qui courait en se tenant la tête dans les mains, riant de toutes ses dents (malgré sa gaîté apparente, elle avait quelque chose d'angoissant) et une reproduction de *L'origine du monde* de Gustave Courbet… avec le visage du révérend Walker (si le pauvre avait su qu'un tel hommage lui serait rendu !). L'ambiance était plus académique ici : l'assistante d'Ivo Morla, que j'avais croisée au début de mon séjour, y détaillait le contexte sociologique et politique avec un vocabulaire incompréhensible au commun des mortels.

Malgré son absence, Anselm Fieker avait été mis à l'honneur avec une œuvre sombre et poétique : un immense tableau représentant un paysage tortueux (une plage ? les décombres d'un charnier ? c'était difficile à distinguer) avec, en son centre, une véritable échelle qui descendait du ciel, dont les derniers barreaux s'entortillaient sur le sol de la galerie.

– Je te parie que je la grimpe en moins de dix secondes ! fanfaronna Danny, que je dus retenir par la manche.

Je savais déjà sur qui j'allais tomber en entendant des cris perçants dans la salle d'à côté : ma mère n'avait pas sculpté ou peint quoi que ce soit. Elle s'était déguisée en Vierge Marie, une couronne en velours rouge auréolée d'or posée sur la tête au-dessus d'une guirlande de fleurs, des larmes brillantes collées sur les joues, un cœur sanguinolent contre la poitrine. Le plus délirant était la longue robe qu'elle portait, composée… de morceaux de viande. Ma mère s'élançait d'un coin à l'autre de la salle, bousculant les visiteurs et lançant des vagissements inarticulés pendant que mon père commentait avec emphase :

– C'est un *happening* d'une telle puissance sacrée ! Cette madone a le cœur brisé par le capitalisme !

Mon Dieu, ce qu'il ne fallait pas entendre… J'espérais que Danny n'assisterait pas à cette performance car j'aurais droit à des plaisanteries douteuses jusqu'à la fin de mes jours. Je préférais encore la boîte remplie de déjections de Damien First.

Mais celui qui avait indiscutablement le plus de succès était Takashi Murakazi. Un attroupement s'était formé autour d'un tableau de la galerie est et des exclamations fusaient : « Incroyable ! », « Il bouge ! », « C'est un écran ? », « On dirait pourtant un vrai tableau… », « Je vois même les coups de pinceau ! ». J'eus une petite idée de ce que j'allais découvrir en fendant la foule : le tableau du cottage et, à l'intérieur, Takashi Murakazi, en tenue de jardinage, qui bêchait en adressant des signes de main aux visiteurs. Je ne pus m'empêcher de rire : il avait vraiment réussi son coup.

– Ne vous approchez pas, cette œuvre est fragile ! prévenait Léonie pour empêcher les indélicats d'y coller leur nez.

Elle m'aperçut du coin de l'œil et annonça d'une voix forte :

– La performance va s'interrompre, elle reprendra dans une dizaine de minutes. Merci de votre attention.

Le public manifesta sa déception puis se dispersa.

– J'ai quelque chose à te donner, me dit-elle. Attends-moi ici.

Je restai un instant devant *La cachette* et remarquai qu'une date avait été ajoutée au cartouche : « Swann Whistler. 1945-2022 ». Ce détail me serra la poitrine, il donnait réalité à la disparition du peintre. Léonie avait raison : c'était comme s'il était mort. Je me détournai alors pour observer la toile. Tiens, étrange… Takashi Murakazi était figé, penché vers le sol, sa bêche à la main. Rien ne bougeait, ni les nuages cotonneux dans le ciel ni la bruyère mauve de la lande.

– Monsieur Murakazi, comment allez-vous ? tentai-je en m'approchant.

Aucune réponse. L'artiste restait de marbre, le tableau silencieux. Que se passait-il ?

Tac, tac, tac. J'entendis Léonie arriver derrière moi.

– Ah… soupira-t-elle. Cela arrive parfois.

Je l'interrogeai du regard.

– Il se peut que ta capacité d'interagir avec les tableaux ne se manifeste que dans certaines occasions, à certaines périodes de ta vie, dans les moments les plus sombres. Il se peut, par exemple, qu'avoir été abandonné par tes parents et parachuté chez moi, dans une ville que tu ne connaissais pas, auprès d'inconnus, ait déclenché ton don.

–Vous voulez dire que… je ne peux plus leur parler ? Que mon pouvoir a disparu ? Qu'il ne reviendra jamais ? paniquai-je.

– C'est difficile à dire. Tu te sentais probablement très seul en arrivant ici et tu avais besoin de communiquer. Tu as comblé ce manque ainsi. Maintenant que tu as retrouvé tes parents, que tu t'es fait un ami, que tu as atteint un équilibre, peut-être n'as-tu plus autant besoin d'eux, conclut-elle en désignant les personnages qui nous entouraient.

– Mais si, j'ai besoin d'eux ! me révoltai-je. Ce n'est pas possible ! Il FAUT que ça revienne ! Monsieur Murakazi ! appelai-je encore.

Léonie fit quelques pas et s'adressa au tableau :

– Monsieur…

Devant le cottage, l'artiste s'anima. Il nous salua, tout sourire, et cria quelque chose, ses mains en porte-voix. Je collais presque mon oreille sur la toile :

– Tout va bien ! s'écriait-il. C'est la meilleure décision que j'aie prise de ma vie !

Et il se remit à bêcher avec entrain.

Quand les visiteurs virent que la performance recommençait, ils s'attroupèrent et Léonie assura de nouveau la sécurité. C'est elle qui devait s'en charger car je venais de comprendre que sans sa présence la scène ne bougerait pas. C'est parce qu'elle était à mes côtés que j'avais vu Takashi Murakazi reprendre vie. Comme Danny et Mrs Tettley avaient pu voir le révérend puisque j'étais avec eux à ce moment-là.

Une grande tristesse m'envahit. Ce qui me rendait spécial n'existait plus. Je redevenais un garçon normal, banal, inintéressant.

Remarquant mon air sombre, Léonie me tendit un paquet sur lequel figurait mon nom et me glissa :

– La veille de Noël, je t'avais acheté la cravate que tu portes aujourd'hui. Mais Swann t'a laissé un autre cadeau, bien plus important.

Je pris le paquet, remerciai ma grand-tante et profitai de l'absence de Danny qui filmait ma mère avec son portable pour m'isoler dans un couloir. Quand j'ouvris le papier kraft, les larmes me montèrent aux yeux. Je la reconnaissais : c'était la palette d'Eugène, et un coffret de peinture à l'huile Rembrandt. Émerveillé, j'en détaillai le contenu : une cinquantaine de tubes, un flacon d'essence de térébenthine, du vernis, des pinceaux en soie de différentes tailles, trois couteaux à peindre, deux godets et des fusains.

L'étiquette était couverte d'une écriture en pattes de mouche :

« *Pour développer ton véritable don. Eugène* »

# ÉPILOGUE

Touché par ce présent inattendu, je pressai le paquet contre ma poitrine et parcourus seul les galeries, essayant d'imprimer dans ma mémoire tout ce que je voyais – les tableaux, les visiteurs, l'atmosphère à la fois dévote et survoltée. Cette incroyable semaine touchait à sa fin. Eugène (je ne parvenais toujours pas à l'appeler Swann) croyait en moi. Et Léonie m'avait accepté. Malgré la perte de mon pouvoir, j'envisageais l'avenir avec plus d'optimisme.

Je me dirigeai inconsciemment vers la Portrait Gallery. La salle de Wallis Simpson était vide, il y régnait un calme apaisant. La duchesse de Windsor était immobile dans son cadre – je ne m'en étonnais pas – mais quelque chose avait changé, un détail que seuls de véritables connaisseurs remarqueraient : serré dans sa main, en une petite boule chiffonnée... un morceau de la chemise de Damien First ! Celui arraché par le bord du cadre lors de son passage.

– Hahaha ! m'exclamai-je. Vous m'étonnerez toujours !

– Qu'est-ce que tu fabriques là ? fit soudain une voix.

Je sursautai. Je n'avais pas entendu Danny approcher.

– Je dis au revoir à une vieille amie, expliquai-je en essayant de dissimuler mon émotion. Il faudra aussi que je salue *Femme lisant n° 2*, qui sera bientôt réexposée, et le révérend, avant qu'il ne réintègre sa place au musée d'Édimbourg. Même s'ils ne peuvent plus me répondre…

– Sois pas triste, me consola Danny en posant une main compatissante sur mon épaule. Tu sais qu'on va devenir riches ? Je vais vendre mon plâtre signé pour des millions de livres ! Non, sérieux, j'ai un cadeau pour toi, ajouta-t-il.

– Un cadeau ? Comment ça ?

– Boaf, un truc que j'ai emprunté à ta « vieille amie », me dit-il avec un clin d'œil énigmatique.

Et il sortit de sa poche un petit sac de toile.

– Qu'est-ce que… ? Oaaaahhhhhh ! m'enthousiasmai-je en comprenant de quoi il s'agissait.

À l'intérieur du sachet, une poudre blanche scintillait, éclairant nos visages de lueurs dansantes.

– Comment tu as fait pour le récupérer ? demandai-je en réprimant un éternuement.

– J'ai un talent dingue pour les emprunts discrets.

– Le vol, tu veux dire ? corrigeai-je.

– Quand on est arrivés à Buckingham, j'ai attendu que le cocher desselle les chevaux, continua Danny comme si de rien n'était, et j'ai glissé la main dans la poche de son uniforme. Un jeu d'enfants !

– Mais… tu crois que ça va marcher dans notre monde ?

– Y a qu'un seul moyen de le savoir !

Et, tout excité, il m'entraîna dehors, sous le regard suspicieux du gardien.

Nous nous cachâmes derrière une voiture, à l'abri des regards, dans la ruelle de Long's Court où nous nous étions déjà retrouvés.

– Comment on fait ?

– Comme ça, j'imagine…

Et Danny me jeta une poignée de poudre au visage. Les paillettes se collèrent à ma peau, à mes cheveux, à mon costume. Pendant trois secondes, il ne se passa rien (peut-être la magie n'opérait-elle que dans les tableaux ?) puis un éternuement à décoiffer un mort me propulsa dans les airs. J'agitais les jambes en tous sens comme un enfant qui apprendrait le crawl : je *volais* ! C'était incroyable ! Époustouflant !

Danny s'aspergea lui-même de poudre et ne tarda pas à me rejoindre au niveau du 3e étage de l'hôtel Radisson. À l'intérieur de la chambre, une femme de ménage nous aperçut, poussa un hurlement strident et prit ses jambes à son cou, envoyant valser ses serviettes de toilette. Danny et moi rîmes à gorge déployée. Puis mon compagnon fit un salto dans les airs, allongea son corps telle une fusée et fila droit vers le ciel.

– Pas si vite, attends-moi ! m'écriai-je.

Je le suivis à toute allure, moulinant des bras comme un fou. Le vent glacé s'engouffrait sous ma chemise, me gelant jusqu'à l'os. Nous survolâmes Trafalgar Square où déambulaient les touristes, ignorants du spectacle inouï qui se déroulait au-dessus de leurs têtes – au passage, Danny donna un coup de pied dans le bicorne enneigé de l'amiral Nelson – puis nous fonçâmes vers la Tamise. J'aperçus la cloche de Big Ben, la tour de Londres, Tower Bridge, la cathédrale Saint-Paul, le lac de Hyde Park… C'était une magnifique journée pour terminer mes vacances. Le soleil brillait de mille feux sur le fleuve qui serpentait tout en bas. J'étais avec mon nouvel ami. J'étais libre. Heureux.

– Fais gaffe, te prends pas un hélicoptère en pleine poire ! s'exclama Danny qui virevoltait gracieusement devant moi.

Et je me mis à rire.

# REMERCIEMENTS

Je remercie tout particulièrement mes parents, qui ont lu cette histoire tant de fois sans jamais rechigner, Manon Sautreau, la première éditrice à l'avoir aimée, Isabel Finkenstaedt pour ses précieux conseils, Louise Thirion pour son avis éclairé de libraire, Daniel Urquijo qui m'a inspiré le personnage de Danny, la vraie Valeria Vanguelov d'avoir accepté de donner son nom à la maman d'Oscar, Christel Espié d'avoir donné vie à ce héros avec tant de talent et d'élégance et, bien sûr, ma formidable éditrice Hélène Millot pour son enthousiasme et sa confiance.

Merci de tout cœur à Karine, Kiki, Juliette pour leur soutien, et à la maison des Sables-d'Olonne qui m'a permis d'écrire l'esprit libre et joyeux.

# LES TABLEAUX

Au moins deux portraits de cette histoire existent : celui de Wallis Simpson, la duchesse de Windsor (exposé à la National Portrait Gallery de Londres), et celui du révérend Robert Walker (à la Scottish National Portrait Gallery d'Édimbourg).

J'ai découvert le premier en visitant le musée, alors que je vivais à Londres depuis quelques semaines. J'en suis tombée amoureuse au premier regard. La duchesse avait un visage parfait – régulier, symétrique –, une assurance tranquille, avec ce petit sourire en coin légèrement ironique. Elle était belle, charismatique : bref, elle DEVAIT faire partie de ce roman ! Et j'ai voulu lui donner cette personnalité fantasque.

Quant au second, celui du révérend, je l'ai trouvé au hasard de recherches sur les portraits écossais célèbres. Il se distinguait des autres par son énergie et sa gaîté. Il avait, en plus, été reproduit sur un timbre en 1973. C'était donc une image populaire, si originale dans l'attitude de son modèle que je l'ai fait voyager jusqu'à Londres pour le bien de l'intrigue. Imaginer son caractère colérique et obséquieux m'a beaucoup amusée !

Reste un personnage important : *Femme lisant n° 2*. Plusieurs portraits de femmes au livre sont exposés à la National Gallery mais celui-ci existe-t-il vraiment ? À vous de le découvrir, chers lectrices et lecteurs ! Peut-être le trouverez-vous au détour d'un couloir du musée, prêt à vous faire entrer dans son monde… qui sait ?

Cet ouvrage a été achevé d'imprimer
sur Roto-Page
par l'Imprimerie Floch à Mayenne
en janvier 2023

N° d'impression : 101810
*Imprimé en France*